Alejandra Vallejo-Nágera

Más tribulaciones de una madre sufridora

Alejandra Vallejo-Nágera

Más tribulaciones de una madre sufridora

temas'de hoy.

Paseo de Recoletos, 4. 28001 Madrid
www.temasdehoy.es
Diseño de cubierta: Rudesindo de la Fuente y Mónica Calle C.
Ilustraciones de cubierta e interior: Toño Benavides
Fotografía de contraportada: Gonzalo Cruz
Primera edición: mayo de 2002
ISBN: 84-8460-204-4
Depósito legal: M-17.060-2002
Compuesto en J. A. Diseño Editorial, S. L.
Impreso en Lavel, S. L.
Printed in Spain–Impreso en España

Índice

Agradecimientos

A Lucía, Clara, Pati, Aldara, Boris, Iván y Alex. Gracias por haber compartido conmigo vuestras anécdotas y secretos.

Introducción

Nela y Javi van creciendo. Ahora tienen diecisiete y casi catorce años respectivamente y ambos siguen padeciendo esa enfermedad denominada «edad del pavo». Se trata de un mal transitorio aunque no por ello exento de peligros para la salud mental... tanto de los hijos como de los padres. Yo creía que a estas alturas ya sería una madre experimentada. Pensaba que los Asesores me empezarían a sobrar e incluso albergaba la ilusión de pasar a formar parte de sus propias filas. Pero no. Mis niños continúan con su adicción a los amigos, al móvil, a los planes secretos, a la vestimenta carnavalesca, a los peligros sin fin y, en especial, a todo lo que se aleje del diálogo responsable y tranquilo con su madre. Yo, la sufridora, sigo aturdida y cada vez entiendo menos. Echo la vista hacia mis propios episodios de juventud y sólo atisbo una ligerísima coincidencia en el terreno amoroso, ese lugar donde el florecimiento de las pasiones sacude el espíritu y la mente hasta dejarlo a uno exhausto.

A la edad de Nela, yo estaba ardientemente enamorada de un chico de mi colegio. Mi devoción hacia él duró algo así como cinco cursos seguidos y era tan íntima que únicamente yo la saboreaba. Un cuarto de siglo ha transcurrido desde entonces, pero el amado continúa sin saber que existo. Nela y Javi también mueren de amor, pero resuelven sus pasiones de un modo diferente del de su progenitora. Mantienen romances cortos, intermitentes, volcánicos, y sus ardores incrementan precisamente cuando los estudios exigen mayor concentración. Durante los periodos de evaluación he escuchado largos susurros telefónicos, plagados de lúgubres sonidos tras los cuales mis hijos tenían un aspecto menos equilibrado que el de un mono con un hacha. Los blancos de su pasión cambian a una velocidad de vértigo, pero cada uno de ellos es supuestamente el *único y definitivo*. Por su culpa, Nela y Javi pasan de la euforia a la depresión en cuestión de segundos; la vida deja de tener sentido cuando el chico o la chica de turno no responde como es debido. En este campo, más que en ningún otro, el término medio brilla por su ausencia.

—Si esta noche no hablo con Guille/Ric/Boris /Antón/Iván/Fer, le perderé —gime Nela sentándose junto al teléfono como si se hubiera situado ante un altar para rezar.

—Son sólo las ocho, querida. Se supone que hasta las once no te llamará.

—Quizá es que nuestro teléfono se ha estropeado. ¿Te importa llamar desde tu móvil para ver si funciona?

Mis años de experiencia me han enseñado la forma más adecuada de proceder con los enajenados, así que agarro mi móvil y marco el número de mi propia casa. El receptor suena inmediatamente a dos pasos de mi mano y a diez centímetros de las orejas de Nela.

—Funciona —confirmo.

—¿Estás completamente segura de que ese *ring* era de tu llamada? —pregunta mi hija en la cumbre de su sufrimiento—. A lo mejor era él y yo no lo he cogido pensando que eras tú.

Cincuenta angustiosos momentos después, continúa con su concentrado desvelo junto al teléfono, en silenciosa súplica de su timbre milagroso. Javi llega dos minutos más tarde, intenta levantar el auricular para llamar a Moleño y casi pierde una mano.

—¿Qué le pasa a ésa? —grita.

—Que espera hablar con *él* —respondo con cinco palabras que lo dicen todo.

—¿Y por qué no le llama ella? —clama el niño, cargado de razón.

—Ya lo hice ayer —replica la otra desde su agonía particular—. Ahora es su turno. No quiero parecer una desesperada.

A pesar de lo anterior, los compromisos de Javi y Nela son leves y exentos de grandes ataduras. Un buen día Nela decide ser vegetariana y al día siguiente me la encuentro atiborrándose de embutidos, que le gustan a rabiar. Ya tiene un pie en el final de su etapa escolar, pero no es capaz de definir qué hará el año próximo. Tan pronto quiere estudiar Arquitectura como Derecho, e incluso el otro día me llegó a anunciar que un amigo le había recomendado la carrera de perito agrícola porque «está chupada y tiene mucho futuro».

—Creo que me voy a tomar un año sabático —amenaza hoy—. Alex lo ha hecho y dice que mola.

Javi, por su parte, cambia de amigos y ligues como de bolígrafo. Se ha vuelto un chaquetero y anda oteando los soles que más puedan calentarle.

Además, ambos han incorporado un elemento básico a sus vidas: la búsqueda de una identidad personal e intransferible, completamente distinta de la de sus padres. Mi hijo ha adoptado un insólito vocabulario al que recurre sin tregua y, además, lo pronuncia con un acento extrañísimo. Los dos ensayan nuevos apodos y nombres: asómbrense del que se ha escogido Nela para sí misma cuando lo lean en el capítulo correspondiente; yo misma apenas daba crédito. El de Javi no es menos estrambótico; el niño pasa el día practicando rúbricas en un papel y lo mismo le da por firmar como el presidente de una entidad financiera que como el roquero más estrafalario del momento. A Nela le ha ocurrido algo similar. Su firma del DNI es el resultado de una inspiración momentánea que ya no es capaz de reproducir. Tiemblo al pensar qué pasará cuando la contrasten con la que haga en cualquier documento importante, como por ejemplo los papeles de las pruebas que le darán acceso a la Universidad dentro de tan sólo unos meses.

A causa de esta búsqueda de una identidad que les satisfaga, mis hijos se miran y remiran al espejo, una y otra vez, localizando puntos esclarecedores con los que confirman que ya no son niños, pero no tienen la menor idea de qué tipo de adulto llegarán a ser. Javi pasa los días disfrazado porque el pobrecito mío intenta encontrarse a sí mismo. Ahora hace esfuerzos inauditos por distinguirse de sus padres y selecciona modelitos que yo pueda criticar sistemáticamente. A Nela, en cambio, ya no le interesan tanto mis reproches como la admiración de sus colegas; desea destacar por encima del grupo, lucha por despertar el asombro de los chicos y pretende ser considerada una arrebatadora líder entre las chicas.

Los Asesores aseguran que la actitud de mis hijos es normal, saludable e incluso deseable. Nada hay peor, según ellos, que un adolescente que no critica lo que se le ha enseñado, que jamás explora vías alternativas y que acepta sin chistar lo que se espera de él. Por lo visto, este tipo de hijo está condenado a ser un adulto demasiado conformista y manipulable. Nada que ver con mis ángeles. Las disparatadas camisetas de Javi y los *piercings* de Nela son, en definitiva, una bendición. Yo no debo sufrir, no debo preocuparme por nada e incluso conviene que me alegre de tanta suerte como tengo.

Por otro lado, la proximidad de su mayoría de edad tiene a Nela totalmente emocionada. Ahora anda por la vida soñando con la inmensa cantidad de derechos que va a adquirir, pero no se ha parado a pensar ni por un momento en sus obligaciones. Constantemente amenaza con marcharse de casa, con emanciparse de mis sermones; quiere sacarse el permiso de conducir y tener un coche nuevo de rabiosa actualidad que, naturalmente, he de financiar yo. Proyecta hacer múltiples viajes con su novio, con sus amigos, lejos, muy lejos, sin itinerario concreto, la música a todo volumen, durmiendo donde se pueda... Nada que ver con los aburridos trayectos que su madre le ha venido proporcionando hasta ahora.

A pesar de todo lo anterior, les confieso que me encanta ser madre de mis dos criaturas. Nada en este mundo me otorga tantos y tan buenos ratos como ellos. No concibo la vida sin su cercanía, no me divierto en los viajes donde no me acompañan, no aprecio los días que transcurren sin sus historias o anécdotas. Su energía, su belleza y su pasión me conmueven, enorgullecen y despiertan. En definitiva, sé que nuestras tensiones y conflictos familiares forman parte de un proyecto de aprendizaje mutuo, y me permito afrontar las batallas cotidianas con paciencia, ilusión y alguna que otra carcajada también. Ahora les invito a que las compartan conmigo.

Planes de trabajo

Tenemos un nuevo héroe en la familia. Se llama Ric y es el último hallazgo de Nela. Comparten curso desde tiempo inmemorial, pero hasta ahora el muchacho pasaba casi inadvertido. Según Nela, antes Ric era un pringao. Ahora, en cambio, el chico tiene diecisiete maravillosos años, se ha dejado patillas que le llegan más abajo del lóbulo de las orejas y, lo mejor, conduce coches a toda velocidad desde que tiene quince años. El que no distinga muchas de las señales de tráfico es, según Nela, irrelevante. Además se sienta en la última fila y, de vez en cuando, hace notar su presencia de una forma encantadora.

—Hoy me ha escrito una carta durante la clase de Física —a mi niña se le llena la boca cuando relata las acciones de este nuevo titán—. Con el papel ha formado una pelota muy apretada y me la ha lanzado con todas sus fuerzas. Se me incrustó en medio de la coleta y se quedó allí, sin caerse ni nada. Ha sido genial —ríe.

—¿Una carta? —la imaginación me hace soñar con un gesto romántico.

Lo encuentro francamente tierno. Doy la enhorabuena a Nela por contar con un pretendiente, pero ella se ocupa de poner «los puntos sobre las íes» y me explica que la carta sólo contiene una orden.

«No te des el piro sin que hablemos de lo del finde.»

—¿Algún plan divertido?

—Sí. —Nela exhala entusiasmo.

Resulta que una parienta lejana de un conocido de Ric da una fiesta en su mansión situada a 30 kilómetros de la ciudad. El despliegue de medios será descomunal; ya se ha anunciado que los porteadores de las bandejas de canapés serán ni más ni menos que un grupo de fabulosas *drag-queens*. La expectación es enorme.

—¿Qué celebra? —pregunto asumiendo la llegada de los dieciocho años, o la iniciación de una carrera universitaria, o algún otro evento digno de conmemoración entre la gente joven que pasa a ser adulta.

—Nada. La que organiza la fiesta tiene cincuenta tacos. Me van a pagar una pasta —Nela apenas puede contener la excitación al informarme de la cifra.

—Equivale a cuatro noches trabajando como canguro y, encima, esto es la caña.

Barrunto que algo no va como debe ir, pero tomo precauciones para no cortar el hilo comunicativo que, curiosamente, hoy fluye cual río cristalino. De modo que aparento sorpresa:

—¡La caña! ¡Qué suerte!

—Seeee, pero ya me ha dicho Ric que no se tiene que notar que somos normales —anuncia—. Tengo que llamar a todo el mundo.

Cumple su amenaza y, en efecto, se prepara para telefonear a media humanidad. Miro furtivamente hacia los libros que yacen en el suelo de la entrada. En momento tan señalado, los exámenes de la próxima semana pasan a jugar un ínfimo papel en la vida de mi niña.

—¿Por qué no llamas después de hacer los deberes? —propongo.

—¿Acaso no sabes que hoy es jueves? —se está dirigiendo a una madre con menos cerebro que una lombriz—. Tengo que organizarlo todo AHORA.

—¿Está tu amigo Ric metido en esto?

—Seeee. Él es quien me ha dado la información. Es un cielo, le quiero muchísimo. Podría haberle avisado también a Rosi y a Tama, pero sólo nos lo ha dicho a mí, a Boris y a Manu.

Habla mientras marca un número de teléfono. Se confunde. Chista con fastidio.

—¡Ahrg!, me estás desconcentrando. —Comienza a marcar de nuevo, pero no deja de hablar—. Voy a ser la única chica —está entusiasmada—. Ric es un cielo, le quiero muchísimo —repite cual loro contento.

Me permito opinar que si Ric es el origen de tan buenas ideas, podría ser también quien hiciese las llamadas pertinentes.

—No. Él no puede llamar a nadie.

—¿Ah no? ¿Por qué no puede?

—Porque le da palo —concluye Nela, rotunda.

¿Qué tramará? Espero no tardar mucho en averiguarlo.

Nela hace prácticas

El trabajito de un solo día que Ric le ha proporcionado a Nela está adquiriendo tintes sospechosos. Se supone que hasta el sábado no hay nada que hacer, pero hoy jueves la niña se ha volcado en el asunto, aparcando deberes, exámenes y un sinfín de otras obligaciones.

No sé muy bien lo que se trae entre manos, pero un detalle me indica que el asunto exige extraordinaria dedicación. Nela se ha sentado en mi mesa de trabajo y toma notas mientras habla por teléfono. Utiliza mi pluma estilográfica y la cara posterior de un recibo bancario que todavía no he revisado. Una vez, no hace mucho, ya hizo lo mismo. Apuntó cosas en el reverso de un recibo bancario. Al día siguiente, el estado de mi cuenta corría de mano en mano por todo el colegio, con los apuntes de Nela escritos por detrás. Intento sustituir el que usa ahora por un papel en blanco; ella me mira con cara de verdadero fastidio.

—¡Deja de interrumpirme! —chichea con los dientes apretados—. ¿Es que no tienes algo mejor que hacer?

Pero nada más terminar la frase, Nela alza una mano paralizadora. Yo no debo moverme ni respirar. Al otro lado de la línea telefónica, alguien ha descolgado el auricular.

—¿Puedo hablar con Natalio, por favor? —Ahora la niña es la reina de la delicadeza—. ¡Ah! Perdona, es que no sabía que estabas durmiendo. ¿Te llamo en otro momento?... ¿No? Vale, perdona... bueno, pues hola. Mira, tú no me conoces...

Durante un rato intercambian palabras, nada en concreto, sólo vaguedades.

—Este tío tiene la misma voz que la abuela de Rosi —me susurra de pronto Nela, tapando un poco el auricular.

—¿Quién es? —sonrío y susurro yo de vuelta.

—Nadie —el gesto alegre de Nela cambia radicalmente. De pronto está siendo interrogada por un miembro de la GESTAPO—. Es un peluquero de la zona de Chueca.

El peluquero Natalio facilita una serie inmensa de números a los que Nela debe llamar. Por el tono que emplea, descubro que la gente a la que telefonea es cada vez más desconocida. Oigo cómo habla con un tal Óscar. La niña se pone educadísima y simpatiquísima. Óscar es, por lo visto, uno de los gorilas que franquean la entrada en una discoteca. Mi ángel se muestra como un libro abierto ante este individuo.

—Yo mido un metro setenta y siete, calzo un treinta y nueve, uso la talla treinta y ocho —silencio—... ahá... sí, ya he apuntado... Oye, ¿no podrías decirme cuánto costará más o menos?

La respuesta, cualquiera que haya sido, acelera el ímpetu telefónico de Nela. Deja al tal Óscar prácticamente con la palabra en la boca y llama a Ric.

—Muérete, tío. ¡Lo he conseguido! Mañana podemos ir a buscar las cosas —dice. Facilita varias direcciones, todas ellas en la calle de la Montera—. ¿Qué hacemos ahora? —pregunta.

Ric tiene todo previsto. Nela escucha con atención sus instrucciones y luego cuelga el teléfono. Está exultante.

—Voy a practicar —anuncia, adueñándose del papel adhesivo que guardo en el cajón de mi mesa.

Sale precipitadamente hacia la cocina. La oigo cómo rebusca por el armario de limpieza. Tengo unas ganas irrefrenables de comprobar qué está pasando, pero algo me dice que no tardaré en averiguarlo. En efecto, a los pocos minutos una Nela de dos metros y pico aparece por la puerta. Se me cae la mandíbula.

—Cloc, cloc, cloc —suena mientras se acerca.

Mi niña camina levantando graciosamente una bandeja por encima de su cabeza. La sujeta con una mano a modo de camarero experimentado. Hasta ahí todo bien. Lo peor es lo que ocurre por los bajos. Con el papel adhesivo se ha atado los pies a los cubos de fregar, uno de ellos es de distinto tamaño que el otro, por lo que Nela cojea.

—¿Qué demonios...?

—A ver, mamá, te tranquilizas, ¿vale? Respira un poco. No chilles —ordena—. Ahora puede que te cueste hacerte una idea —está hablando con un tocho de madera sin imaginación—, pero cuando me veas con los zapatos de verdad, la peluca y el traje de *drag-queen-galáctica*, que es lo que yo seré con toda probabilidad, verás qué genial te parece —anuncia.

—¿Y eso qué hace ahí? —señalo el envase para limpiar cristales, que cuelga de la cintura de Nela amarrado con la cuerda de atar el pavo.

—Nada. Es mi pistola galáctica. Mira...

Me pulveriza y ríe a carcajadas. Todo lo que sea alejarse de los deberes le parece a Nela divertidísimo. Vuelve a depositar el producto de los cristales en su improvisada cartuchera y se me acerca tambaleándose. La pobrecilla todavía no tiene el paso bien cogido. Se inclina levemente, me muestra la bandeja vacía y con voz afectada pregunta:

—¿Un poco de caviar, quizás?

El encarguito

Tenemos un viernes muy exótico por delante. Tan sólo quedan treinta y seis horas para que Nela gane un dineral paseando bandejas de canapés vestida como una *drag-queen* galáctica. Mañana es el gran día. Pero Javi no ha sido convenientemente informado.

—¿Qué pasa? —pregunta, amodorrado, mientras mastica los cereales del desayuno.

No es de extrañar que, a estas horas, contemple a su hermana como quien ve un oso panda sentado a la mesa. Desde que tiene memoria, Javi siempre desayuna en compañía del perro antes de ir al colegio. Nela jamás hace acto de presencia. A ella se le pegan las sábanas hasta tres minutos antes de salir. Pero hoy todo es distinto. Hoy es un viernes *crucial* en la vida de Nela.

—¿Qué pasa? —insiste de nuevo el niño.

—Pasa que hoy no *puedo* ir al colegio —amenaza Nela.

—¿Ah no? —intervengo llena de asombro.

—No. Tengo demasiadas cosas importantes que

hacer —anuncia altanera—. Debo prepararme. Es por lo de mañana.

—¡Qué morro! —clama Javi—. Si Nela se salta colegio, yo también me quedo en casa.

Me niego rotundamente: el colegio es prioritario y ningún trabajo de ningún tipo puede boicotearlo, por muchos millones de euros que se dejen de ganar.

—¡No puedes hacerme esto, mamá! —Nela se pone en jarras y me mira cual víctima del más injusto proceso judicial—. ¿Por qué eres así? ¿Por qué?

Me armo de paciencia e intento dialogar razonablemente.

—Nela, los estudios son tu única responsabilidad.

—¡Eso! —me apoya Javi.

—¡So *+!#* ! —le escupe Nela—. ¡Si no te callas te arreo una patada y te arranco los piños!

—¡Mírala! ¡Parece una vaca loca! —suelta el otro.

—Mamá, dile que cierre el pico o... o... —la niña aprieta las mandíbulas.

Pongo paz y mando a Javi fuera de la cocina. Nela apenas puede controlarse.

—Si me obligas a ir al colegio, que sepas que traiciono a mis amigos. —De nuevo estoy ante una mártir que lucha por defender su honor—. Eso es lo que quieres, ¿verdad?, que me quede sin amigos, eso es lo que más te gusta...

—Los amigos no tienen nada que ver con esto.

—¡No entiendes nada! ¡No sabes nada! —se está dirigiendo a una habitante del limbo—. ¡¡¡Yo soy la

ENCARGADA DE LLAMAR A WINONA!!! —Por lo visto, además de ignorante, Nela cree que la del limbo es sorda.

Ignoro quién es Winona, pero Nela me aclara que se trata del pilar fundamental en el que se apoyará toda la logística del día siguiente. Sin Winona, adiós fiesta, adiós pelucas, botas y pistolas galácticas, adiós sueldo astronómico, adiós sueños. Adiós.

—Mamá, ¿es que no lo entiendes? —Nela aprieta los puños sobre la mesa del desayuno y mantiene la mirada muy fija en la absoluta ignorante que soy yo. Habla pronunciando las palabras despacio—. Winona es, con diferencia, la *drag-queen* más importante de España. La *más* im-por-tan-te, la eme, a, ese, la MÁSSSS...

Respira hondo, saboreando el impacto de lo que acaba de decir y continúa:

—Ya está jubilada —juguetea con un tenedor—, por eso ahora alquila todo. Yo he quedado en llamarla para que nos dé lo que necesitamos.

—¿Y qué tiene eso que ver con el colegio? Puedes telefonearla después de clase.

Nela pone los ojos en blanco y se ve en la obligación de explicarse ante una analfabeta.

—¿Por qué te resulta tan complicado de entender? La fiesta es mañana, ¿comprendes? *Ma-ña-na*. Después de clase será *demasiado tarde*. Tengo que llamar y organizarme antes del mediodía, mamá, te lo juro. ¡Se trata del trabajo más importante de mi vida!

Veo a Nela tan desesperada que temo que, si la fuerzo a ir a clase, se escape para cumplir con sus obligaciones laborales. De modo que se me ocurre una idea garrafal.

—¡Está bien! —clamo—. Yo me encargaré de todo.

A Nela se le desencaja la mandíbula inferior.

—¿En serio? ¿De todo-todo? —apenas da crédito—. ¿Incluso de pagar los trajes de Ric, Boris, Manu y el mío?

Estaba segura de que me la iba a endiñar por algún sitio, pero me atengo a las obligaciones estudiantiles, por lo que continúo con mi decisión de consecuencias quizá catastróficas.

Nela me entrega un papel con varias anotaciones acerca de las medidas que gastan sus amigotes y un sinfín de instrucciones más:

—A Winona hay que llamarla a partir de las tres, porque antes está sobando —se explica—. Pero, si quieres adelantar gestiones, habla con Lorena de España, porque ella sí que madruga, según me han contado.

De camino al ascensor, todavía Nela me ducha con advertencias acerca del número de pie de sus amigos y de sus correspondientes tallas. Manu está gordo, así que debo alquilarle un traje de lycra muy elástica. Sobre todo, tengo que guardar la máxima discreción. Los padres de estos chicos viven en la más completa ignorancia porque, de enterarse, sabotearían el plan y, de paso, también el consiguiente sueldo.

Ya en el silencio del hogar, con los niños de camino al colegio y la mesa del desayuno recogida, me dispongo a cumplir con el descerebrado compromiso que acabo de contraer con Nela. ¿Me estaré volviendo loca? ¿Qué dirán mis Asesores de todo esto? No quiero ni pensarlo.

Comienzo marcando el teléfono de Lorena de España. Asumí que se trataba de otra *drag-queen* de renombre, pero no. Su voz es femenina y nada afectada. Se identifica como dueña del *catering* que servirá los manjares de la fiesta. Yo me presento como la madre de una de sus futuras camareras y lo hago con el mismo orgullo que usaría la progenitora de Juana de Arco, por poner un ejemplo.

Descubro que Lorena tiene gran experiencia en eventos de este tipo. No hace mucho sirvió la copa de vino español que se ofreció durante un concierto de Enrique Iglesias. Tres mil personas metidas en una carpa y Lorena de España se hizo divinamente con la situación. Además, esta valiente mujer ha colaborado como articulista en una enciclopedia gastronómica. Me pregunto cómo una persona capaz de enfrentarse a tales proezas está dispuesta a contratar a Nela de camarera. La solución a mis dudas no tarda en llegar:

—Su hija tiene experiencia, ¿verdad?

—Sí, sí —miento—. Desde pequeñita ayuda en casa cuando damos fiestas… y eso.

—¿Y qué hay de sus amigos?

Lo que me faltaba. Ya veo a los Asesores señalándome con el dedo acusador, así que me limito a decir que de los amigos de Nela yo no respondo. Mi honestidad parece convencerla.

Quedamos en que Nela y su cuadrilla se presentarán en una dirección concreta a las 9 de la noche para recibir instrucciones precisas. Los invitados están convocados a las 11. Mi hija y sus esbirros deben llevar el uniforme de *drag-queen* para ensayar con los zancos y las bandejas de canapés antes de que se les dé el visto bueno definitivo. Se nota que Lorena de España es muy profesional y que no deja nada al azar. Casi me da lástima no organizar yo misma un fiestorro para poder contratarla.

Secretamente, sin embargo, me alegro de que no me haya preguntado si mi niña ha alcanzado ya la mayoría de edad. ¡Uf!

La llamada

Casi no puedo concentrarme en mi trabajo. Todo lo hago de una forma chapucera y mediocre. El proyecto de hablar con Winona me altera los nervios, no sé explicar por qué. Supongo que se debe a que, por primera vez en mi vida, voy a intercambiar información con un ser de las tinieblas. Me han dicho que las *drag-queens* son como vampiros, que nunca aparecen antes de la medianoche, y que les excita especialmente la luna llena... A saber en qué termina todo esto.

De pronto suena el teléfono. Es Nela, que me llama desde un móvil. Habla muy bajito, como si me estuviese contando un gran secreto.

—Mamá, escucha, que Rosi se ha enterado y también quiere verstirse de *drag*.

—Bueno, ¿y yo qué tengo que hacer ahora?

—Tú disimula y dile que no había trajes de su talla.

—¿Cómo dices?

—Mamá, tú no pienses. Haz lo que te digo. ¿No te das cuenta de que es una acoplada?

Intento aclararle a Nela que no tengo ninguna intención de mentir. Es más, me interesa enormemente que Rosi acompañe a Nela, aunque sea vestida de estrafalario ser. Al fin y al cabo, la conoce mucho mejor que Ric y sus acólitos y, además, su madre puede implicarse también. Pero Nela me deja prácticamente con la palabra en la boca.

—No tengo saldo. Boris me mata. Estoy llamando desde su móvil. Adiós.

Esto me pone incómoda. Para calmarme, preparo un cocido, que siempre me sale riquísimo y me ocupa mucho tiempo. Luego me meto con la lavadora, cosa que odio hacer, y paso la aspiradora, algo que detesto más todavía. Miro el reloj constantemente y me da la sensación de que va hacia atrás. Las quince horas parecen no llegar nunca... pero llegan. Nela me ha dicho que Winona se despierta en este momento; a las quince horas el espécimen nocturno resurge en el mundo de los vivos. Mi turno ha llegado. Debo actuar.

Me siento en la cocina y muevo los dedos como hacen los pianistas cuando se enfrentan al concierto de su vida. Voy a llamar a Winona y me noto como si estuviese cometiendo la mayor fechoría de la historia. El corazón me galopa. Miro el número de teléfono: un 906... ¡vaya! Hasta ahora no había caído en la cuenta de que el timo comenzaba desde el mismísimo momento de establecer el contacto verbal. He oído decir que los teléfonos que empiezan por un 906 han llevado a familias enteras a la ruina. Pero, ¿cómo he podido ser tan inocente? Seguro que las *drag-queens* están conectadas a negocios turbios de todo tipo, incluidos los telefónicos, como no podía ser de otra manera…

Finalmente marco: 9-0-6...

Tras unos cuantos rings, una voz indescriptible habla al otro lado de la línea. Es un contestador automático:

> «Hola, cariño. Soy Winona. Deja que mis consejos hagan de tu experiencia femenina una aventura capaz de satisfacer tus más altas aspiraciones. En mis armarios siempre hay lugar para esas "picardías" de talla plus. Yo cuido a mujeres maravillosas de todos los estilos y medidas, ¿quieres ser una de ellas? Mi deseo primordial es que te sientas sexy. Aquí hallarás cualquier capricho que tu corazón necesite. Estoy disponible de lunes a viernes a partir de las 17 horas en la calle de la Montera nº X. ¡Ninguna extravagancia me escandaliza! Ven a visitarme y disfruta de tu aprendizaje con Winona.»

No sé qué pensar. ¿Se habrá confundido Nela? Me entran tentaciones de llamar a la policía para recabar información. En cualquier caso, me alegro de ser yo quien se enfrente a esta experiencia. A punto hemos estado de que la incauta de mi hija se presentara en la calle de la Montera, exponiendo toda su inocencia ante oscuras Winonas y sus viles artimañas. Pero conmigo no podrán, no señor. De pronto me siento poderosa y fuerte. Estoy dispuesta a llegar al fondo de todo este asunto. Me van a oír...

Llamo a mi amiga A. y le explico el caso. No soy tan valiente como creía hace unos minutos y busco refuerzos por si acaso me veo en apuros. Mi amiga A. encuentra el plan fascinante. Se alía conmigo y decide acompañarme.

—¡Mete el spray de laca en el bolso! —le advierto antes de colgar el teléfono.

—¡Mujer! Supongo que las pelucas ya vendrán preparadas...

Pobrecilla. No ha entendido que la laca es para paralizar y dejar ciegos a los posibles chupadores de sangre. No entiendo cómo todavía hoy circulan por el mundo mujeres tan poco precavidas.

Winona

Avanzamos por la calle de la Montera. Estamos ante una aventura de tintes quizá dramáticos, pero mi amiga A. camina tranquilamente, e incluso tiene ánimos para detenerse a contemplar el escaparate de una zapatería que exhibe modelos estrafalarios. Al fin, llegamos a la dirección exacta. El aroma a repollo nos acompaña durante la ascensión por unas escaleras enjutas. Finalmente, en el tercer piso, un felpudo con forma de caniche recibe nuestros pies y, por un instante, dudo si llamar al timbre o salir corriendo.

El corazón me late tan fuerte que casi puedo oírlo. Winona y su profesión son, para mí, sinónimos de una tenebrosa trama. Ella se mueve en un submundo nebuloso y lóbrego; a buen seguro está en contacto con el hampa y quién sabe si también con la mafia. Todo es muy peligroso y yo me encuentro ante las mismas puertas del abismo.

Por fin presiono el timbre de la puerta. Lo hago

brevemente, como si fuese a recibir, en recompensa, una descarga eléctrica o algo por el estilo.

Tras unos segundos de espera, aparece un tipo de piel cetrina y con las cejas depiladas en forma de raya. Lleva el pelo muy corto y patillas largas; la camiseta breve deja ver su ombligo, y un cinturón que parece una cadena gruesa le bambolea sobre las caderas. Los pantalones, de tejido a cuadros, se adaptan como un guante a sus delgadas y largas piernas. Su edad es inclasificable; sus rasgos, perfectos.

—¿Sí? —pregunta con voz grave y miedosa al mismo tiempo. Para mí que no nos ajustamos al prototipo de clientela a la que está acostumbrado.

—¿Está Winona? —se lanza mi amiga.

El hombre no sabe cómo reaccionar.

—Esto no será algo de cámara oculta, ¿verdad? —inquiere, precavido.

—Nos mandan nuestros hijos —me arranco.

El rostro se le ilumina y relaja.

—¡Ah! En ese caso, adelante, reinas —nos dice poniendo énfasis en el calificativo.

Yo camino palpando el spray de laca. Cualquiera sabe si encontraremos a un matón profesional esperándonos a la vuelta de la esquina. Pero no. Todo está silencioso y vacío de personal.

El sujeto nos pasa a una salita pequeña, en la que se suceden enormes percheros llenos a reventar de trapos apoteósicos. De uno cuelga ropa de lycra, o de plástico dorado, lentejuelas multicolores, diseños atigrados, sedas orientales, atavíos selváticos, cueros varios, cadenas, bufandas de plumas...

A otro de los percheros le toca exhibir la ropa interior, entre la que se incluyen esos codiciados picardías talla *plus* que, según me entero, son el emblema del lugar. En otro cuelgan las botas y el calzado más variopinto y estrambótico que jamás se haya visto. En la estantería de la izquierda se exponen las maxi-pelucas. A los múltiples diseños y estilos se añade el típico tocado de una *geisha*, con las agujas de punto atravesando la masa de pelo y unos pequeños colgajos cascabeleros que emergen desde el interior y luego caen hacia abajo; no sé si me explico, tendrían que ir a verlo.

—El peinado de *geisha* es uno de los de mayor éxito. Me lo quitan de las manos —nos cuenta Winona.

Los minutos avanzan y yo me veo recogiendo cada vez más información. Resulta que la Winona de la noche se llama Manolo Gil durante el día. A Winona le encantan los muñecos de peluche: una hilera de ellos adorna el sofá; a Manolo, en cambio, le fascinan las revistas de motos y de seres humanos cachas, ellos y ellas, mostrando músculos pintados de grasa brillante.

Me detengo a contemplar la pared del fondo, donde una inmensa colección de fotos muestra a Winona junto a personalidades sacadas del movimiento surrealista. La mayoría destaca por su increíble belleza.

—Aquí estoy con Rosa Piernas Royal —me ilustra— y aquí estamos en la súper-fiesta de las Divas del Grito.

—Me gustan los zapatos que lleva esta persona —irrumpe mi amiga, señalando otra foto donde un magnífico espécimen humano se alza metros y metros sobre unas plataformas que despiden rayos tornasolados.

—¡Oh! ¡Cómo no! —Manolo se emociona—. Es *Miss* Comprensión y baila de vicio. La que está a su lado es *Princess* Iggy, la mejor diva de la noche madrileña.

No tengo tiempo de preguntar si *Miss* Comprensión se traslada por el mundo con semejante peana bajo los pies. Me la imagino conduciendo, por ejemplo, o esperando en la parada del autobús. Winona se precipita sobre otra foto en la que una mujer de facciones perfectas y asombroso pelo clava en el espectador los ojos más bellos que he visto nunca. Lleva puesto un top plateado que realza todavía más su ya descomunal aspecto.

—Ésta es Shina Plenitud; siempre se adorna con cristales austriacos... en los ojos.

Ante mi gesto de estupor, Manolo se explica:

—Me refiero a las lentillas. Son de cristal austriaco rosa, amarillo o morado, o también de los tres colores dentro del mismo iris —por lo visto se las hacen a medida y le cuestan a Shina una millonada, lo cual pone a Manolo medio en trance—. Es divina. Canta como Marlene Dietrich.

Pasamos a la siguiente instantánea, en la que la propia Winona aparece con cuatro ojos, los normales y otros dos en la frente.

—Durante una temporada me dio por añadirme ojos-extra con recortes de revistas y pestañas postizas —en efecto, las pestañas se disparan en toda su espesura desde el mismo borde de los recortes de papel—. La gente flipaba al no saber a qué ojos mirarme cuando hablaba conmigo. Era divino —Winona sueña de nuevo—. Lo malo es que me salieron demasiados imitadores.

A veces, en cambio, en esta selva fotográfica Winona deja sitio a Manolo Gil. A la izquierda aparece de niño, vestido con traje de marinero el día en que recibió la primera comunión, y en otra está abrazando a una mujer de gesto bondadoso y mirada limpia.

—Es mi madre —explica Manolo—. Murió el año pasado después de una enfermedad espantosa que la estuvo matando durante más de diez años.

Lo dice con la voz rota de dolor y me conmuevo. Él lo nota.

—Ahora ya está en el cielo, feliz y descansando.

Enseguida me arrepiento de los terribles y negros pensamientos que, antes de venir hasta aquí, albergué sobre Manolo. Este hombre adora a su madre y la trata con un respeto y abnegación que ya quisiera yo para mí. He sido muy injusta calificándole tan negativamente; no debía haber incorporado el spray de laca a mi bolso. Winona-Manolo, o viceversa, es un ser humano sensible y lleno de generosidad. Tanta, que nos ofrece un café. Mi amiga y yo aceptamos. A partir de ese momento, todo es coser y cantar. Nos encontramos completamente en sus manos y nos dejamos embelesar por sus sabias doctrinas.

Embrujadas por Winona, al principio nos lanzamos a seleccionar ropajes y abalorios en cantidades ingentes.

—Y ahora te recomiendo este mono de lycra tupida, por si al amigo gordito le viene pequeño el de cuero violeta —dice ella mientras me pone en la bolsa una malla amarilla atravesada de rayas negras y con dos pequeñas alitas cosidas en la espalda—. Es un modelo de abeja-reina muy especial y solicitado —explica todo convencido.

Es una verdadera lástima tener que devolver la mitad del contenido de las bolsas. Casi me da un pasmo cuando me entero de que cada uno de los equipos cuesta más dinero del que iban a percibir Nela y sus esbirros haciendo de camareros. El negocio es ruinoso pero, gracias a él, yo me lo estoy pasando en grande. He tenido, incluso, el atrevimiento de probarme un sujetador que lleva incorporadas las domingas de silicona. El efecto resulta espectacular y mi amiga por poco enloquece. El impacto la induce a adquirir un producto formulado para engrandecer sus propias glándulas mamarias.

—Sólo tiene ingredientes naturales y un sabor delicioso —asegura Winona, y mi amiga se acaba gastando 60 euros en un bote de cien dosis.

Nos habríamos quedado allí, con Winona, toda una semana, pero Nela interrumpe nuestra estancia en el paraíso con un golpe de móvil.

—¿Dónde estás? —croa.

Es la impaciencia personificada. Hace un rato inmenso que el colegio ha tocado su fin de jornada. La niña y sus compinches esperan en casa sin poderse explicar por qué yo, su esclava, no estoy ahí con el muestrario de ropajes *drag* a su disposición.

Enseguida mi amiga y yo iniciamos el viaje de vuelta, con las adquisiciones distribuidas en varias bolsas de basura —Manolo no tenía otras— y cuatro pares de botas inenarrables colgando de nuestras manos. Tardamos bastante tiempo en decidirnos con el calzado, temiendo que los chicos acabarían quebrándose una pata… o dos. Pero Winona nos aseguró que sus modelos eran de primerísima calidad y estaban científicamente diseñados para mantener una postura correctísima.

—Además, mis zapatos tienen la virtud de poner las cabezas de los usuarios directamente en contacto con las nubes —explica con elocuencia.

Por fin llegamos a casa. Un repartidor de pizza, que comparte ascensor con nosotras, nos mira frunciendo el ceño. Pero nos da igual que mire como y cuanto le dé la gana. Mientras él se hincha a criticarnos en silencio, nosotras respiramos totalmente satisfechas.

El gran día

—¿No había algo mejor? —Nela frunce el morro y levanta la peluca de plata observándola como quien mira una bayeta usada.

—Me dijiste que querías vestirte como una mujer galáctica.

—Sí, pero esta peluca se parece a los colgajos de un árbol de navidad. Yo quería un pelucón muy cardado y mira... —me la señala, tocando los hilos de plata como si oliesen mal—... ¿ves? Se queda todo pegado y me hace una cabeza tan ridícula como la de un gusano —se queja—, y además, ¿cómo se te ocurre traerme una túnica de rey egipcio?

La incultura de Nela me pasma. El traje, en efecto, se inspira en los del antiguo reino de los faraones, pero el de mi hija está muy lejos de ser una túnica y, menos aún, de parecerse a las que usaban los hombres. Por el contrario, este trapo se asemeja a los velos plisados que las mujeres se pegaban a las carnes de tal forma que los pechos, los glúteos y los muslos se les notaban con toda claridad.

A mí, al principio, el atuendo me parecía escandaloso. No quería que los ojos de todos los invitados se quedasen clavados en mi hija, pero Winona terminó convenciéndome de que el tejido de este traje, al ser de plata y algo más grueso que los originales velos egipcios, resultaba recatado a la par que elegante.

—Cuando tu nena levante los brazos, parecerá un ánfora de metal —me dijo.

Pero Nela no está de acuerdo. Mira el vestido y se imagina a sí misma más ancha que la pirámide de Keops.

—Lo has hecho a propósito —croa.

Inmensas carcajadas nos llegan desde el cuarto de Javi. Los chicos se prueban ahí sus uniformes particulares. Por lo visto, Manu está muy gracioso vestido de abeja-reina y con la peluca de *geisha* en la cabeza. El jolgorio que esto suscita hace temblar las paredes. Nela les escucha con un punto de envidia; entonces sus quejas se disparan:

—No quieres que vaya sexy, eso es lo que te pasa. A ellos les has escogido cosas mejores. No te importa que vayan marcando paquete, y yo, en cambio, tengo que ir como una monja.

Estoy a punto de perder la paciencia cuando algo inesperado nos salva: la pistola galáctica. Se trata de un artilugio con un gatillo que, al accionarlo, despide rayos láser en tonos multicolores. Una pasada. Además, viene enganchada a un cinturón largo y elástico que Nela se ajusta debajo del pecho; le da varias vueltas y se lo cruza alrededor de las costillas y la cintura, hasta que, al fin, ata los bordes a la altura de sus caderas. El arma pende graciosamente de su lado izquierdo y el vestido queda, por fin, *ajustadísimo*.

Mi hija está radiante. Su éxtasis aumenta cuando se calza las botas y yo contemplo cómo una mujer metálica de 207 centímetros blande la pistola y me dispara rayos... y eso que todavía le falta el maquillaje.

En el salón, mi amiga A. está preparada con un maletín atiborrado de pinturas. Ella fue quien se encargó de recoger las instrucciones de Winona acerca de los pormenores de un buen maquillaje a lo *drag-queen*.

—No sé si depilarte las cejas o pintarte la cara y los pelos de blanco —le dice a Ric, que va ataviado con... mejor no lo cuento, por si algún día, en un descuido, a su padre le da por leer estas páginas.

El muchacho es alto y, encima de los zancos dorados, resulta una aparición. Especialmente sobrecogedora es la pelambrera del pecho, que le asoma por el acusadísimo escote en forma de V.

—Te tengo que pintar otras cejas postizas, más arriba de las naturales y que se disparen hacia las sienes —explica mi amiga—. Es para que la nariz parezca más pequeña y respingona.

El chico se encoge de hombros. Como la idea surgió de él, se ve en la necesidad de aguantar lo que le echen.

Manu, vestido de abeja, peinado de *geisha* y subido en unas botas de charol negro con plataformas de 30 centímetros, se tapa con ambas manos las partes vergonzantes, que se le marcan una barbaridad. Al mismo tiempo, se lamenta de dolor de tripa.

—¡No seas quejica! —le espeta Nela.

Pero yo le entiendo. El pobre chico está arrepentidísimo de haberse dejado engatusar. Parece claro que no existe suficiente dinero en el mundo para compensar a Manu por semejante faena. El pobre no sabe dónde mirar, embutido en un mono de lycra que deja expuestos sus atributos, y jugándose las piernas sobre unos zancos de charol negro. Todo esto le hace olvidar el sueldecito de camarero. Y ello sin mencionar los abalorios que adornan su estrafalario tocado. Algunos son demasiado largos y se le meten en los ojos.

—Nela, préstale una minifalda para que se la ponga por encima —ordeno.

—Gracias —Manu ve el cielo abierto—, muchísimas gracias.

El momento de partir llega y, por vez primera, me doy cuenta de que no he preguntado cómo piensan trasladarse.

—Nos llevas tú —decide Nela, como si fuese lo más normal del mundo—, ¿no?

Miro a mi amiga y ella me mira a mí. No puedo creerlo. Después de estar todo el día enganchada con el trabajito de marras, cuya retribución económica no alcanza el dinero ya gastado, ahora encima debo emplear tiempo y gasolina para trasladar a este cuarteto carnavalesco a 30 kilómetros de Madrid. Pero, ¿qué otra cosa puedo hacer?

En el trayecto todos hablan a la vez. Nela ha puesto un disco de música diabólica para irse ambientando. Se parten de risa al recordar el momento en que, mientras caminaban tambaleándose para guardar el equilibrio y mientras decían estupideces con voces afectadísimas, nos hemos topado de bruces con la familia P. en el garaje. El padre se quedó paralizado y la madre le tapó los ojos al niño pequeño. Puede que no reconociesen a Nela ni a sus compinches, pero a mí me han calado. No he podido evitar el escrutinio ni su gesto de absoluto reproche. Hasta hoy, esta familia respetable nos consideraba respetables a nosotros también. Una pena.

Tardamos bastante en encontrar el camino. Ric no sabe explicarse bien y me veo en la obligación de pedir ayuda a varios empleados de gasolineras. Miran el coche con recelo y a mí como a una loca más de la pandilla. Por fin, atravesando un coto privado de caza, y media hora más tarde de lo que exigió Lorena de España, llegamos a la mansión.

Las *drag-queens* se bajan del coche y las veo encaminarse a trompicones hacia la puerta. A Boris se le ha hecho una carrera en la media. Una hilera de pelos negros asoma por los agujeros.

Apuesto a que, entre la impuntualidad y la inexperiencia, Lorena de España despedirá a Nela y sus secuaces con cajas destempladas; me parece prudente aguardar hasta el desenlace final. Nela, que todavía espera a que se abra la puerta, se da cuenta de mis precavidos planes. Gira y, caminando con gran dificultad sobre la tarima flotante que hay bajo sus pies, viene hacia mí. Lleva el gesto prieto.

—Mamá, no se te ocurra quedarte aquí —susurra metiendo mucho la cabeza por la ventanilla—. Por favor, vete.

Muy bonito. Resulta que he dilapidado mis ahorros en el alquiler de unos disparatados trapos; a saber cuándo los amigos de Nela me saldarán su parte. Además, me he jugado el prestigio entre los vecinos y he arriesgado la buena imagen que poseo entre los padres de los amigos de Nela, a quienes hasta ahora yo les caía bien. Pero todo este cúmulo de valientes acciones es nimio al lado del terror que siente mi hija.

—¿Por qué no te marchas ya? —sisea aterrada, lanzando miraditas a derecha e izquierda de su espalda—. Si te ven aquí, ¡se van a creer que somos niños pequeños!

El móvil y sus consecuencias

Hoy es un domingo apacible. La primavera higieniza las calles, el sol brilla y la atmósfera huele bien. El miércoles pasado la abuela se marchó de viaje al Ampurdán con un grupo de amigas y ahora está en el autobús que la trae de vuelta. Nos llama utilizando el teléfono móvil. Se siente moderna, liberada, realizada. Se siente bien. Antes de partir, le regalé un teléfono móvil y Nela preparó un libreto de instrucciones muy sencillas para que pudiese utilizarlo.

—Esto es muy difícil, niña —se queja—. ¿Por qué harán unos botoncitos tan pequeños?

—A lo mejor eres tú quien tiene el dedo demasiado gordo, abuela —bromea Nela.

—Estas modernidades no son para mí —sigue lamentándose mientras observa el teclado del teléfono como si le estuviese extirpando el riñón a una rata de laboratorio—. Cada vez que quiero presionar un número, se pulsan tres a la vez.

Al final insistí en que se llevase el aparato, lo utilizase o no, porque últimamente la abuela se me está desmandando un poco y me veo en la necesidad de controlarla. Ahora, mientras comemos en la cocina, la abuela nos llama y, de paso, estrena el flamante móvil con el que no se aclara. Una amiga suya, algo más experimentada en estos menesteres, fue quien marcó nuestro número por ella. Al fondo de su voz emergen risotadas y un coro de conversaciones cruzadas. Sus amigas hablan todas a la vez, impidiendo que ella nos oiga bien. En vista de lo cual, se lía a contarme mil cosas a grito pelado, como si la que tuviese dificultades de audición fuera yo.

—Os he comprado un kilo de *bull* con el que os vais a morir de gusto —anuncia—. Oye, te dejo, que este aparato da cáncer.

Me hace gracia que la abuela utilice tecnología tóxica para hacernos saber que 100.000 kilocalorías de tradición artesana vienen de camino.

—¿Y qué es un *bull*? —pregunta Javi.

—Una especie de butifarra negra, típica de Cataluña —informo.

—Jo, ya está la abuela con sus guarrerías —opina Javi.

—A mí que me traiga otra cosa —interrumpe Nela—. La abuela debería saber que soy vegetariana.

Cuando sueño con la familia perfecta, siempre recurro a la misma imagen-cliché. Veo a unos padres rodeados de un montón de hijos. Todos se afanan en alabar el equilibrado menú que consiste en proteínas y verduras, y dan las gracias a la madre-cocinera por el esmero que ha puesto en la selección de los ingredientes y por lo rico que está todo. Aparte de este amable y sincero cumplido hacia su progenitora, imagino a los miembros de esta familia perfecta manteniendo una cordial y agradable conversación. Cada uno cuenta, por turno, los pormenores de su jornada. Los demás escuchan y ofrecen opiniones constructivas porque para eso su hogar es un verdadero refugio donde todos se ayudan, incluso a pesar de los defectos particulares que cada uno tenga. Comparo esta utópica estampa con la de mi propia familia y me siento agonizar.

—¡No me toques! —salta Javi con frecuencia, dirigiéndose a su hermana—. Tienes gérmenes femeninos.

—Ya quisieras tú, enano, adueñarte de uno solo de mis gérmenes —responde la otra—, pero tu piel es demasiado asquerosa incluso para los microbios de un pordiosero.

Además de tan inteligente conversación, hay algo que insistentemente sabotea la paz de la atmósfera y de mis nervios. Cada dos minutos, más o menos, suena el molesto *bip-bip* de un mensaje en alguno de los móviles presentes.

Como atizados por un látigo, los niños se abalanzan sobre sus aparatos. Entonces, sólo entonces, surge el milagro. Nela y Javi se adoran por primera vez en el día; ambos se tratan con una cordialidad que supera incluso el cliché con el que yo sueño.

—Es tu móvil, Nela.

—Gracias, Javi —la niña lee la pantalla de su aparato y sonríe—; pero hace tres minutos fue tu móvil el que sonó. Mira si tienes alguna llamada perdida, porque yo oí que sonaba.

—Sí, me han hecho una púa.

—¡Qué morro tiene la gente! No la devuelvas.

—Ya.

—¿Tienes saldo?

—Yo no, ¿y tú?

—Casi no me queda. Creo que no voy a devolver el mensaje.

—¿De quién era?

—De uno con el que chateo a veces, ¿y tu púa?

—De una niña que conocí ayer.

—¿Cómo se llama?

—No me acuerdo.

—Ya te oí hablar por la noche, hacia las... mmm... —piensa Nela—... las dos o las tres de la madrugada.

—Seeee, era ella. Es que me pidió el número y me llamó.

—Qué guay, ¿no?

—Seeee.

—¿Te gusta?

—No, le gusta a Moleño.

—¿Se enrolló contigo?

—No, se enrolló con López.

—¿Y por qué te llamó a ti?

—Quería decirme que López era un #"=*, porque está saliendo con otra.

—Qué %&#*, ¿no?

—¡Qué va! López mola. Está más salido que el pico de una mesa, pero mola.

Aparte de la suprema amabilidad en los diálogos entre Nela y Javi, los móviles han traído, como contrapartida, dos grandes desventajas. En primer lugar, a su dichosa sintonía le da por irrumpir a horas intempestivas, trastornando el descanso, la salud y el resultado académico de los niños. Me cuesta trabajo entenderlo, pero parece ser que la noche inspira el ansia comunicativa de los colegas. Al principio, yo ignoraba la existencia de este nuevo hábito social y no le daba importancia al hecho de que Nela y Javi fuesen a dormir incorporando el móvil al lecho. Hasta que un día, llego a casa de madrugada después de una salida y oigo extraños susurros en las habitaciones de sendos niños.

—¿Se habrán vuelto sonámbulos? —pienso.

Pero no. Ambos mantienen conversaciones telefónicas con unos lunáticos de sueño alterado. A partir de entonces, he aplicado una nueva ley en casa, que consiste en confiscar los aparatos durante la noche. Pero a veces me descuido y ellos vuelven a la carga con total flexibilidad de horario nocturno. Desde mi propio dormitorio oigo el *tararí-tararí* infernal de las llamadas que ambos reciben a la hora en que los vampiros andan por ahí chupando la sangre de sus víctimas.

El tema de los tonos de llamada les tiene especialmente embelesados. Mis hijos hablan a menudo de los soniquetes que eligen para sustituir al aburrido aviso de llamada normal. Esta semana, Nela se ha adjudicado la melodía de una canción que arrasa en las listas de éxito y cuyo título se adapta perfectamente a lo que ella quisiera decirse a sí misma: *Soy guay*.

Javi ha escogido otra más acorde con sus gustos: una canción *techno* escrita, probablemente, por el enemigo de un catedrático de Lingüística, ya que durante diez interminables minutos se pronuncia una sola palabra, *bla-bla-bla*, al son de un ritmo indescriptible. El título de la canción también es *Bla-bla-bla*, seguramente para que el auditorio no tenga que pensar demasiado.

Otra de las grandes menguas que los móviles han incorporado a nuestras vidas es que, a causa de los mensajes, mis hijos están desaprendiendo a escribir su idioma materno. Ahora el lenguaje escrito ya no es lo que era, no, sino que se ha quedado reducido a la mínima expresión gráfica. De este modo, las palabras «casa», «bueno», «por qué» o «dedos», por poner un ejemplo, se convierten en *ksa*, *weno*, *xq* o *d2*. Desaparecen los signos de apertura interrogativos o exclamativos, la combinación de mayúsculas y minúsculas, las tildes y algunas letras, ya que la clave está en economizar el máximo espacio, tiempo y esfuerzo, asunto en el que Javi es campeón mundial.

Mi niño se ha convertido en un verdadero fanático de este tic. Agarra su móvil con ambas manos y va moviendo los pulgares a lo largo y ancho del teclado, como acariciándolo a una velocidad supersónica. El tiempo que no está matándose con el monopatín, lo dedica a escribirse con su séquito de kamikazes, utilizando un lenguaje sólo inteligible por gente diestra en jeroglíficos.

Además, Javi considera la corrección ortográfica una completa inutilidad más bien digna de novatos y pardillos.

—¡*Jua, jua*! ¡Qué pringao! —se mofa un día, mientras lee un mensaje recién llegado—. ¡Moleño ha escrito «mucho» con *ch* y «llamar» con dos eles!

—Perdón por la torpe pregunta —irrumpo sarcásticamente—. ¿Está Moleño comunicándose en castellano, quizás?

—¡Claro! —Javi apenas entiende mi pregunta.

—Entonces, ¿podrías explicarme de qué otro modo pueden escribirse esas dos palabras?

—Pues, ¿cómo va a ser? ¡Con *x* y con *y*!

El vertedero

Los niños están correctamente sentados a la mesa, sin pelearse ni nada. Todo resulta perfecto, tanto que incluso Nela se ha saltado su nueva ideología vegetariana y se relame con un platazo de espaguetis con chorizo. Respiro con satisfacción al comprobar que la paz, esa rara condición que yo creí fruto de la fantasía de algunos bienpensantes, existe también entre las paredes de mi hogar.

Una vez terminados los espaguetis, Nela se pone a sacar brillo al plato con un trozo de pan que luego se lleva a la boca. Puede que hoy no sea vegetariana, pero es indudable que el gen ecologista le sigue corriendo por las venas. Cuanto más pan recoja las salsas del mundo, menos jabón flotará en los ríos. Ése es su nuevo lema.

—Mamá —comenta de pronto con el buche lleno—, mis amigos dicen que ya debería tener coche.

—¡Magnífico! ¿Cuándo te lo van a comprar?

—¿Por qué comentas esas tonterías? —me mira como si contemplase un batido de pus.

A Nela le falta una eternidad para cumplir dieciocho años, no ha visto un código de circulación ni en sueños, apenas distingue la mayoría de las señales de tráfico, ignora por completo qué significa un cambio de rasante... pero sus colegas la apremian para que tenga coche y resulta que la que digo tonterías soy yo.

—*Todos* opinan que es mejor que *tú* me vayas comprando un coche ahora que estamos a tiempo —me aclara.

—¿Es por lo del anuncio del periódico?

—¿De qué hablas?

—He leído un anuncio por palabras la mar de interesante que dice: «Joven apuesto busca novia con coche. Imprescindible mandar foto del vehículo.»

Nela me mira atiborrada de estupefacción. Ella sabe que tiene una madre simple e inconexa, pero lo que jamás hubiese sospechado es que, además, ose contar chistes.

—Mamá, te lo advierto, es muchísimo mejor que me compres un coche ahora —se dirige a una persona de estabilidad lábil, a la que hay que explicar las cosas despacito y con buena letra.

—¿Alguna razón en particular por la que yo deba hacer tal cosa?

—Eso es lo que los padres hacen, normalmente.

—No *todos* los padres, querida. ¿Acaso Adán le compró un coche a Abel?

—*Jua, jua* —ríe Javi, que es un sol.

Envalentonada por el apoyo incondicional de mi hijo, continúo:

—Y eso que era el *bueno* de la familia.

—*Jua, jua* —vuelve a la carga Javi.

—Y, además, ¿por qué quieres un coche ahora, si aún te falta medio año para cumplir los dieciocho?

—¿Acaso no sabes que hay que esperar meses y meses desde que compras un coche hasta que te lo dan? Antón me ha dicho que para comprar un Smart hay una lista de espera de cinco años como mínimo, y que incluso el hijo de no sé qué ministro está en esa lista a pesar de los millones de enchufes que tiene.

—Ya sé que tu fuerte no es la economía, precisamente, pero ¿te has planteado cuánto dinero cuesta un Smart nuevo? Y, ¿te has parado a pensar la cantidad de golpes que le darás a lo largo del día y todo lo que costará arreglarlos?

—Yo pienso conducir con muchísimo cuidado, ¿qué te has creído? —salta ofendida—. Pero bueno, si lo que quieres es poner pegas, tú puedes conducir el coche nuevo y dejarme a mí tu chatarramóvil.

—Se da la circunstancia de que yo estoy encantada con mi coche.

—Tu coche es una mierda, mamá —interrumpe Javi.

El niño demuestra ser un chaquetero. Tan pronto se alía conmigo como se pasa al bando de Nela. Tendré que vigilarle más de cerca a partir de ahora.

—No lo sería si vosotros no lo utilizarais como basurero público —advierto.

Cuando Nela y Javi eran pequeños su vertedero

favorito era mi bolso. En él echaban todo aquello que les estorbaba, ya fuese el envoltorio de una golosina como también el artilugio con el que se habían hartado de jugar. Todavía recuerdo aquel día en el que yo me encontraba en plena reunión de trabajo. Estaba sentada en una gran sala de juntas donde se aglutinaba un racimo de ejecutivos, todos ellos cuajaditos de estrés y con un humor de perros. La tensión cortaba el aire. En un momento concreto tuve que buscar algo en mi bolso y, para hallarlo, me vi en la necesidad de extraer en primer lugar la cabeza mutilada de una Barbie, cuya enorme maraña de pelo estropajoso tapaba lo que estaba debajo. Después le tocó turno a una monumental cobra de plástico, que serpenteaba molestamente entre el resto de tesoros: un tren, un yoyo y dos chupa-chups, por supuesto chupados.

Hoy, en cambio, mis hijos han trasladado su cloaca a mi coche. Casi prefiero no mirar lo que se mueve en la parte trasera: papeles, latas de refresco, botellas con o sin agua, bolsas de Doritos y quién sabe si alguna que otra rata también. Javi, en concreto, demuestra especial predilección por comer yogures en el asiento de atrás. Entiendo que el probrecito mío esté en edad de crecer, y que a veces el infeliz tenga más hambre que el piojo de una muñeca; lo que ya no acepto es que luego deje impunemente los recipientes y cucharas rodando por el suelo. Cada vez que voy a la derecha o a la izquierda, corro el riesgo de ir después a la porra, porque siempre aparece algún envase alimenticio debajo del pedal del freno, justo cuando todo mi ser necesita frenar.

—¿Por qué tienes que comer en mi coche? —grito furiosa.

—Porque es más divertido —contesta taciturno. Su idea del ocio no corresponde a la del resto de la humanidad.

—¿Ves ese bollo a medio morder? ¿Y esa especie de caja con mocos?

—Sééé, la veo. Es un zumo de melocotón.

—¿Cuánto tiempo lleva ahí?

—Psé —se encoge de hombros—. Me lo bebí el día que tú me llevaste al hospital, cuando me torcí la rodilla.

—¿La derecha o la izquierda?

—No sé. Ésta, creo —dice tocándose la izquierda.

El *brick* de zumo lleva, por tanto, un mes de rodaje por el suelo de mi coche.

—¿Y qué tal ese ladrillo de chinchetas? ¿Lo ves?

—Sééé. Es mi bocata de jamón de la semana pasada.

—Bien. Ya sé que entre tus planes de futuro no se encuentra precisamente ser ministro de Sanidad, pero déjame que te dé unas útiles lecciones de primeros auxilios.

—Es que he quedado con Moleño.

—Quizá a Moleño le interesen también mis lecciones. ¿Por qué no se incorpora a la clase? A lo mejor descubre que existe en el mundo algo más que el monopatín.

—También le gustan las chicas.

La conversación empieza a desviarse y no debo caer en esa trampa, así que dejo a Moleño con sus chicas y me centro de nuevo en el tema.

—Verás, hijo, por si no te has dado cuenta, las botellas de plástico, los bocadillos, los yogures y las cucharas no pueden caminar por sí solas. No tienen piernas. Necesitan que un alma buena los recoja del suelo y los deposite en un lugar adecuado, de lo contrario, se llenan de granos verdes. El color verde no es divertido, ¿verdad, ricura?

—A mí me gusta.

—Entonces decora tu vida con él, pero deja que mi coche siga siendo rojo por fuera y gris por dentro.

Javi mira a derecha e izquierda, luego me mira a mí.

—¿Tienes algo que decir? —le pregunto un poco harta.

—Sí, es que no entiendo nada.

Debí haberlo recordado. Los Asesores se cansan de explicarme que la lógica, el diálogo y el uso de metáforas son recomendables con hijos maduros y responsables. De lo contrario, la vía más eficaz es la de las órdenes sin más. Así que me aplico en la lección. Fulmino a Javi con la mirada más dura de mi colección y blando el estandarte de mi autoridad:

—¡Recoge esas porquerías ahora mismo y no te muevas de aquí hasta que mi coche se quede más pulcro que un quirófano!

—No puedo —el niño me ha salido terco como un búfalo.

—¿Por qué no puedes?

—Porque tengo muchos deberes que hacer.

—¡Ah! ¡Qué bonito! Ahora resulta que tienes deberes. ¡Pues que esperen los deberes!

Javi encoge el rostro y me observa como si estuviese frente a una tarada.

—Eres rarísima —se permite opinar—. Ninguna madre en todo el colegio *obliga* a sus hijos a no hacer los deberes. Ninguna madre *obliga* a sus hijos *a perder el tiempo* en tonterías.

Una noche en comisaría

El vertedero de mis hijos, es decir, mi coche, ha servido para que Nela viaje en un furgón de la policía.

Ahora anda toda ufana, presumiendo delante de Javi, que la mira con los ojos cuajados de envidia. Nela pasa la tarde hablando como una locomotora imparable. Agarra el auricular del teléfono con genuina devoción y se dedica a detallar a su séquito de colegas, paso a paso, cómo ocurrió todo.

—Déjalo ya, ¿quieres? —me impongo.

—Todavía no se lo he contado a Mati —aclara, marcando su número—. *Tiene* que saberlo.

La aventura tuvo lugar ayer viernes. Yo estaba escribiendo en el ordenador, de espaldas a la puerta, cuando oigo la voz de Nela que pregunta desde el umbral.

—¿Vas a salir esta noche?

—No, ¿por qué? —respondo sin mirar.

—Por nada. Es que yo sí voy a salir —anuncia en tono mundano—. Tengo una fiesta.

Entonces me giro y los dedos se me agarrotan al teclado. Allí, plantada bajo el quicio de la puerta, Nela exhibe el aspecto de una butifarra metálica.

—¿Dónde crees que vas con una cinta de pelo en las caderas? —clamo escandalizada.

—¡Mamá! —replica cual ángel injustamente tratado—. ¡Es una falda *ideal*! Tama se la compró en Londres el pasado verano. Me ha costado mucho trabajo convencerla para que me la preste.

En el tránsito de los dieciséis a los diecisiete años, Nela se ha ido moderando en su forma de vestir. Ahora nos tiene acostumbrados a los vaqueros y las camisetas ajustadas, que la hacen parecer una más entre el montón. Pero hoy ha vuelto a las andadas. Ante mí tengo un cuerpo semidesnudo, escasamente cubierto con el mínimo tejido posible. Teniendo en cuenta que estamos en invierno, el modelito parece haber surgido de una mente masoquista y perturbada.

—¿Y eso? —me exalto señalando un escabroso top de rejilla plateada, que se abrocha por detrás con un complicado sistema de cintas. La espalda queda totalmente expuesta, tan sólo ligeramente tapada por las cintas.

—¿Esto? —pregunta mientras se lo toca. Ella hubiese jurado que la refulgencia metálica me iba a pasar desapercibida—. Lo tengo desde hace mucho.

—¿Ah, sí?

—¿Ya no recuerdas que me lo puse el verano pasado? —Nela se comunica con una amnésica.

—No tengo ni idea de lo que hablas —en efecto, debo estar amnésica.

—¿Has olvidado que lo llevé un día que iba con Rosi a una fiesta?

De pronto la memoria me devuelve retazos que me ayudan a entrar en la situación. Recuerdo que Nela y Rosi desayunaban en casa al día siguiente de una fiesta. Comían magdalenas y estaban ebrias de emoción, hablando medio en trance de la experiencia de la noche anterior. Habían pasado la velada de su vida. Nela acudió a la fiesta con el mismo top que lleva ahora; se lo puso en secreto, a sabiendas de que en casa el artilugio estaría proscrito. El hecho de vestirse con prendas prohibidas añadía bastante emoción a la aventura. El desenlace no pudo ser mejor. Ante la exhibición de Nela, la música atronadora de la fiesta se eclipsó con el sonido de una procesión de aullidos lobunos. Rosi contó hasta cuarenta y siete. Un éxito total.

Hoy Nela quiere repetirlo.

—La fiesta de esta noche también es elegante —argumenta con un tono rápido. Cuando la niña habla demasiado deprisa, es que está a punto de hablar demasiado alto también—. Mamá, no te metas. Yo visto como quiero —advierte. Nela tiene diecisiete años y, aunque le faltan seis meses para la mayoría de edad, hace tiempo que se ha adjudicado todos los derechos y ninguna obligación—. La ropa que me pongo es asunto mío.

Intuyo que se avecina un enfrentamiento serio. Los Asesores me han dicho que el sentido del humor es un arma adecuada en este tipo de situaciones. Por lo visto, con un poco de humor, otras madres han obtenido buenos resultados en sus hijos casi mayores.

—Y ¿se ha contemplado la posibilidad de atender de pulmonía triple a los invitados? —me permito sugerir, ciñéndome a la doctrina de los Asesores.

Pero a Nela mi comentario le hace menos gracia que un pellizco en un ojo.

—Me están esperando —resuelve, agria—. Ya deberíamos estar allí.

—¿Con quién vas? —comienzo a desviarme del tema. Mala cosa.

Pone la mirada en blanco, resopla, comienza a recitar una lista interminable de nombres; parece una metralleta habilidosa. Luego taconea hacia la puerta, la abre y huye metiéndose en el ascensor. Apenas tengo tiempo de acordar, o más bien exigir, una hora de regreso.

—Vale, te llamo —oigo que dice ya encerrada.

Los minutos pasan y yo deambulo inquieta por mi silenciosa casa. No he preguntado quién ha organizado la fiesta ni tampoco la dirección. Además, ignoro cómo se trasladará hasta allí y, con la pinta que lleva, me veo en la necesidad de invocar a los dioses para que a Nela no se le ocurra utilizar el metro o el autobús y para que, en caso de ir en taxi, la conductora sea una mujer heterosexual.

Son tantos los detalles que debo vigilar, que siempre se me escapa alguno de vital importancia, en especial cuando me distraigo con la idea de una violación en ciernes. No en vano, la prensa avisa insistentemente a las madres como yo: estoy harta de leer en sus páginas un sinfín de casos de mentes alteradas que se han disparado nada más ver la indumentaria de la chica. Se me pone la carne de gallina. Y ahora Nela anda, a saber por dónde, desatando más tentaciones que la propia Eva y su manzana prohibida.

Chasco la lengua y marco su número de móvil en busca de más información. Como era de esperar, una amable operadora me informa de que el teléfono está apagado o fuera de cobertura.

Intento distraer mis preocupaciones entre las páginas de una novela de amor, pero la mente se me atasca una y otra vez en la misma línea. De pronto suena el teléfono. Han pasado exactamente seis cuartos de hora desde que la niña desapareció por el hueco del ascensor.

—Mamá, soy Nela —menos mal que me lo explica, porque su voz apenas emerge como un susurro entre un estrepitoso jaleo de sirenas y lamentos.

—No te enfades, no chilles —escucho que dice.

—¿¿QUÉ OCURRE?? —respondo sin hacer ningún caso.

—Ya sé que te vas a poner histérica, pero es que ha pasado una cosa —la voz se le quiebra, comienza a hipar e inmediatamente se pone a llorar a moco tendido.

—¿¿DÓNDE ESTÁS?? —casi no puedo oír mi propio grito, porque el galope de mi corazón es todavía más fuerte.

—Es que... —llora —... es que estoy en...

Dice algo que apenas entiendo. Me agarroto al auricular del teléfono, a punto de partirlo en dos, y repito mi pregunta, esta vez más despacio.

—Estoy en un coche de la policía y me llevan a comisaría. Antón, Ric y Manu van conmigo.

—¿¿QUÉ??

—Te paso a un policía, ¿vale, mamá?

—Buenas noches, señora —oigo que me saluda un agente.

—¿QUÉ LE HAN HECHO A MI HIJA? —pregunto al borde del ataque.

El hombre no pierde la calma y me habla como quien rellena un formulario. La niña está bien. No presenta signos de alcohol en la sangre ni tampoco ha sido violada por nadie. Yo debo tranquilizarme y acudir sin tardanza a una dirección determinada. Allí me lo explicarán todo. Tengo que llevar dinero, pues hay que pagar una multa. Luego le devuelve el teléfono a Nela.

—Mamá —solloza Nela—, por favor, llama a los padres de Antón, Ric y Manu porque ellos también están llorando y no tienen saldo en sus móviles.

Cumplo el encargo. Un sinfín de llamadas se suceden. Los padres de Ric están cenando por ahí y la hermana pequeña, a la que he levantado de la cama, no se acuerda del número de sus móviles. Cuando por fin doy con ellos, la madre jura que va a matar a su hijo antes de enterarse del motivo por el que cometerá semejante infanticidio. El padre de Antón, en cambio, se muestra amable, pero la madre me echa la bronca porque yo no puedo explicar claramente qué han hecho ni a qué hora lo hicieron. La madre de Manu, por otro lado, está preocupadísima por el monto económico que tiene que llevar consigo.

—¿Admitirán tarjeta de crédito? —inquiere angustiada.

Mi marido y yo salimos para liberar a nuestra hija de la prisión. Él conduce enloquecido y yo me agarro al asiento temiendo por mi propia vida. Como no sabemos qué ha ocurrido exactamente, la imaginación se encarga de facilitarnos sugerencias cada vez más tenebrosas.

—Quizá deberíamos haber llamado a un abogado —se me ocurre comentar, alentada por todas las películas americanas que he visto a lo largo de mi existencia.

Al padre de Nela le parece una idea malísima. Además, según él, yo tengo toda la culpa. Debería controlar más y mejor a la niña.

—Me vais a matar a disgustos —sentencia, incluyéndome a mí en el lote de los matadores. Lo que me faltaba por oír.

Llegamos a comisaría enzarzados en una ardiente discusión, pero ésta se paraliza ante la visión de un apuesto joven apaleado y sanguinolento. Lleva un ojo casi fuera de la órbita, el labio superior abultado como una gran salchicha de color violeta. Un policía le acompaña de un brazo hacia el interior del recinto. Tras él, otro se encarga de un segundo joven, no menos apuesto que el anterior y no menos magullado. Ambos se han dado una buena zurra a la entrada de una discoteca. Justo en ese momento descienden de un taxi un grupo de chicos y chicas, amigos de uno de los reos. En un taxi posterior, aparece el séquito del contrincante. Todos se ponen a discutir, en la misma puerta de la comisaría, acerca de quién empezó a dar puñetazos a quién. Por lo visto, el primer joven le tocó las posaderas a la novia del segundo.

Con el corazón encogido, pasamos al interior. Un amable agente aguarda sentado tras un pequeño pupitre.

—¿Más? —se asombra y comenta al ver pasar a los jóvenes maltrechos—. Como sigamos así, ¡vaya nochecita nos espera!

A lo mejor el hombre pretende consolarnos, no lo sé, pero sólo consigue que nos pongamos de los nervios. Le damos los datos de Nela; él nos pide la documentación y señala una puerta tras la cual aguarda nuestra prisionera. Nos acercamos al lugar temblando, cualquiera diría que tenemos a una hija encerrada en el corredor de la muerte. Al entrar, el cuerpo semidesnudo de Nela, apenas cubierto por el leve tejido de plata, se abalanza sobre mí en medio de un olor a sobaquina que echa para atrás. No es Nela quien huele, sino unos desconocidos acompañantes de celda que han sido detenidos por manchar con *graffiti* el vagón de un tren. En el banco opuesto al de los pintores alternativos de Renfe, Antón, Manu y Ric me miran sumidos en la tragedia y musitan que cuándo llegarán sus padres.

Mi Nela tiene la cara hinchada de tanto llorar, el rímel corrido, el pelo recogido en una sencilla coleta. Yo me siento identificadísima con la madre del hijo pródigo y le digo que no importa lo que haya hecho, que ya está a salvo en mis brazos. Entonces la niña comienza a relatar lo sucedido de una forma atropellada y nada secuencial.

—Todo ha sido por culpa de Javi, que es un cerdo y ha dejado una cuchara tirada en tu coche.

Inmediatamente pienso en mi niño. Veo su imagen durmiendo, porque eso es precisamente lo que hace ahora. Tiene una dulce sonrisa en el rostro y sueña, ajeno a la desventurada pesadilla que el resto de su familia está viviendo. Apenas puedo ligar a mi ángel con el drama que nos ocupa. Nela sigue explicándose:

—Antón conduce muy bien, mamá. A tu coche no le ha pasado nada, te lo juro; él no tiene la culpa de que nos hayan obligado a dejarlo aparcado a un lado de la carretera.

—¿Mi coche? ¿HABÉIS COGIDO MI COCHE? —pregunto, estupefacta.

—Sí, Antón conducía.

—Pero, ¿ya tienes carné? —pregunta el padre de Nela dirigiéndose al afectado.

—No —replica Nela—, todavía es pequeño.

—¡Pero yo iba con mucho cuidado! —interviene el camarada-conductor desde el banco en el que está sentado.

—Sí, mamá, te juro que íbamos más despacio que un caracol —le apoya Nela.

Por lo visto, el hecho de que yo no tuviese intención de salir, dio a Nela libertad para ir a la dichosa fiesta en MI vehículo. Antón había tenido la amabilidad de adjudicarse a sí mismo el papel de chófer con el carné de SU hermano mayor. Como buenos compinches, Ric y Manu se solidarizaron con esta genial idea.

La niña continúa:

—Pero, al ver el control de la policía, nos asustamos y le dijimos a Antón que echase marcha atrás. Y entonces los del control nos dijeron: «¡Alto!», «¡Deténganse!». Luego nos apuntaron con metralletas porque nos confundieron con terroristas —relata Nela con la voz entrecortada.

—Y entonces yo dije que era mejor subir las manos para demostrarles que no llevábamos pistolas —interviene Ric.

—Sí, eso; nos quedamos dentro del coche con las manos en alto —corrobora Nela—. Yo quise ponerme a llorar, pero me aguanté. Ellos se acercaron y nos rodearon con las metralletas, gritando muy fuerte. Abrieron las puertas y nos obligaron a descender del coche sin bajar las manos ni nada.

—Luego inspeccionaron el interior del coche con linternas y vieron la cuchara —irrumpe Manu—. Entonces se creyeron que, en lugar de terroristas, éramos drogadictos.

—Sí, es verdad, pero deja que yo lo cuente —Nela se mueve nerviosamente. Desea ofrecernos la narración en exclusiva—. Les dije que esa cuchara era de mi hermano Javi, les expliqué que el muy puerco come yogures en el coche y luego lo deja todo tirado y nunca lo recoge. No me creían, te lo juro, hasta que encontraron los envases de yogur...

En medio de esta verborrea, el padre de Nela se da cuenta del modelito que lleva su hija. El hombre se despoja de su propia chaqueta y cubre a la niña, estropeándoles la película a los graffiteros, que se lo están pasando bomba a costa de la panorámica que Nela les ofrece.

Nos apartamos un poco de ellos y continuamos con el relato. Los secuaces de Nela compiten al hablar. Lo que más enorgullece a los chicos es que fueron capaces de mantener las emociones bajo control hasta que, fuera del coche, con la policía apuntándoles con una metralleta y con el tema de la cuchara sin aclarar, Antón entregó con mano temblorosa el permiso de conducir que pertenecía a su hermano.

—¿Esta licencia es suya? —inquirió el agente.

—¡Claro! —repuso Antón.

—En ese caso, dígame el número y también su fecha de nacimiento —ordenó el agente, ocultando los datos con su mano.

En ese momento, la respiración de Nela y sus colegas se bloqueó por completo; la tensión cortó el aire.

—No me lo sé —tuvo que confesar el interrogado.

Y se puso a llorar. Con él, rompieron aguas los demás.

Lo peor fue, según relatan, el viaje de ida a comisaría: acurrucados en el furgón y con la sirena trastornando la capacidad auditiva de los peatones. Al recordar la escena, Manu se deshace en lágrimas y me veo en la necesidad de abrazarle para que se calme. Mientras tanto, los delincuentes del *graffiti* ríen en el fondo de la habitación.

En ese momento la puerta se abre y aparecen los padres de Ric como una tromba. Sin mediar palabra, la madre arrea dos soberanas bofetadas a su hijo porque, aunque ella todavía no sabe lo que ha hecho, el nene SÍ lo sabe.

Tras muchas explicaciones y el pago de una considerable multa, nos dejan volver a casa.

Hoy Nela se ha levantado temprano. Apenas emite sonidos mientras desayuna; la magdalena no le entra. Acaricia taciturna la oreja del perro y suspira con agonizante resignación. Casi no puede creer la injusticia que hemos cometido con ella. Ya bastante sufrimiento ha padecido anoche para que encima nosotros, sus crueles padres, le vayamos a descontar dinero de la paga hasta que financie la totalidad de la multa que ocasionó su aventurita.

Necesita compartir su nueva tragedia y llama por teléfono a Ric, pero éste se encuentra en peores condiciones todavía: está sumido en una profunda depresión, se le ha esfumado el habla. A Manu no le dejan ponerse al teléfono. Sólo Antón ha encontrado cierta comprensión en el calor de su hogar, lo cual hace que Nela se ponga a comparar la abismal diferencia que hay entre la armonía reinante en la familia de Antón y la vileza que impera en la suya propia.

La mañana transcurre silenciosa y lóbrega. Ni siquiera Javi se atreve a chistar. El pobrecito se agacha sobre los deberes de matemáticas sin que yo le haya tenido que decir que se pusiera a hacerlos.

Hacia las tres de la tarde, Ric emerge de su depresión y habla. Nela y él reviven lo acontecido al teléfono. Las risotadas de mi hija se cuelan por las rendijas del vecindario. Luego se suceden las llamadas en cadena; ella no desea que sus secuaces de aventura informen al resto de los camaradas; se pide ser la única portavoz.

Ahora, tumbada en el sofá, habla con Rosi:

—Tía, lo mejor fue cuando nos metieron en el furgón de la poli; todos llorando y yo casi sin poder moverme con la minifalda que llevaba. Luego el tío del volante se puso a conducir a toda velocidad, y no veas el jaleo que iba montando la sirena —ríe—. ¡Si vieras cómo se apartaban los coches del camino! —cambia el tono y explica—: Puede que tú lo pasaras genial en la fiesta, pero lo nuestro ha sido la caña, tía.

Javi y su fama cibernética

Nela, Rosi y Tama bailan en la discoteca privada de mi hija, que es su dormitorio, y eligen los modelitos que llevarán cuando salgan esta noche. Mati se lava el pelo en nuestro baño, al parecer en su casa no hay agua caliente a causa de una avería. Su hermano pequeño también amenaza con venir por aquí a ducharse y usar nuestra colonia. Por su parte, Javi se ha ido a taladrar los vientos con el monopatín.

Yo, tranquila en mi mesa de trabajo, me afano en escribir un correo electrónico. Como no estoy muy puesta en temas informáticos, cada correo me lleva mucho tiempo y una buena dosis de tensión. De pronto, surge un cartelito desde un icono verde que está situado en la parte inferior de la pantalla del ordenador. El cartel se acompaña de un gracioso ruido y un texto:

El ex piojoso te dice: HOLA

Es la primera vez que me enfrento a tal cosa y llamo a Nela a gritos, pensando que se trata de un virus.

—¡Menuda tonta eres! —ríe al verlo—. Chillas como si te hubieran contagiado el sida.

—¿Qué es esto?

—¡Bah! —comenta marchándose—. Javi se ha dejado el *Messenger* abierto y uno de sus amigotes quiere hablar con él. No le hagas caso.

No tengo muy claro qué demonios es el *Messenger* pero, por lo que he oído mencionar a los niños, creo que se trata de una especie de teléfono colectivo al que acuden, comunicándose por escrito, todos los camaradas que uno quiera.

Dejo al colega con sus piojos particulares y me enfrasco de nuevo en mi propio asunto. Pero entonces, el dichoso sonido me boicotea otra vez la concentración. Es ex piojoso, que insiste:

El ex piojoso dice: TIO, STAS AÍ? CNTXTA!

La curiosidad me puede, así que decido olvidar mi *e-mail* y me centro en el compinche de Javi. Tengo muchísimas ganas de averiguar de quién se trata. Si mi niño se entera, me mata. Presto atención a los sonidos de Nela y percibo que estoy a salvo de ser pillada con las manos en la masa. Mi hija y sus amigas están absortas en sus propios problemas, así que tengo vía libre. Con una sensación, ya olvidada, de estar jugando con lo prohibido, pincho dos veces en el cartel del piojoso. Se abre una ventana que ocupa toda la pantalla. Casi no me atrevo a tocar nada. El cursor negro me indica dónde tengo que comenzar a escribir.

«¿Quién eres?» —pregunto tímidamente. Y el programa coloca mi frase en la parte de arriba de la siguiente forma:

Skizo Skater dice: ¿Quién eres?

Me impresiona el seudónimo que Javi se ha adjudicado a sí mismo. Skizo Skater, ¿seré capaz de hablar bajo esta tenebrosa identidad? Mientras me distraigo con estas elucubraciones, espero la respuesta de don piojos y me canso de esperar. Probablemente, el niño escribe con dos dedos. Por fin, veo:

El ex piojoso dice: RS JAVI?
Skizo Skater dice: ¿Tú qué crees?
El ex piojoso dice: Q NO TIO, Q JAVI NO SCRIB CN TDAS LS LTRS

¡Me ha pillado! Don Piojos es un lince. ¿Qué hago ahora? Me arranco saliendo por peteneras:

Skizo Skater dice: ¿Tú conoces a Javi?
El ex piojoso dice: CLARO CHAVAL, Q PA SO STOY N SU CLAS. KIEN RS?

No sé qué hacer. Si digo una mentira, mañana el rey de los piojos se lo contará todo a Javi. Es mejor dar ejemplo y decir la verdad, aunque me da pena que esto se acabe. En el fondo me estoy divirtiendo muchísimo con el coleguilla.

Skizo Skater dice: Soy su madre.
El ex piojoso dice: JO Q FURT!
Skizo Skater dice: ¿Quieres que le dé algún mensaje a Javi?
El ex piojoso dice: VAL

Quince minutos pasan y la pantalla sigue sin emitir ninguna otra información. Decido arriesgar un poco para comprobar, entre otras cosas, si el compinche me ha dejado más plantada que el palo de una sombrilla.

Skizo Skate dice: ¿Qué palabras debo comunicar a Javi?
El ex piojoso dice: SPERA, K NO PUED SCRIBIR TN RPID!
Skizo Skatre dice: Perdona
El ex piojoso dice: N PXA NA

De nuevo aguardo un rato interminable hasta que, por fin, llegan las ansiadas palabras:

El ex piojoso dice: DIL Q S FAMOS XQ HABLAN D L N INTRNT

Skizo Skater dice: Perdona, pero no entiendo bien. ¿Tendrías la amabilidad de escribir con todas las letras, aunque esto te exija el mayor esfuerzo de tu vida? Es que estoy vieja para estas cosas, ¿sabes?

Otro rato de angustiosa e interminable espera hasta que el duque de los piojos se digna contestar:

El ex piojoso dice: Q LE DIGAS A JAVI Q ES FAMOSO PORQ HABLAN D ÉL EN NUESTRO FORO DE INTERNET.

Skizo Skater dice: ¿Qué es eso? ¿Dónde puede ver Javi lo que dicen de él?

El ex piojoso dice: EN EL SITIO DONDE LOS SKATERS HABLAMOS Y NOS PEDIMOS CONSEJOS. LA DIRCION ES: WWW.LIGASKATER .NET-ALLÍ UNA CHICA PONE A PARIR A JAVI. DILE Q LO MIRE. ADIOS Q TNGO Q HBLAR CON OTRAS PRSONAS.

Como por arte de magia, el icono del niño piojoso desaparece de la pantalla, dejándome sumida en una triste soledad justamente ahora que yo le estaba cogiendo el tranquillo al asunto. Pero al menos me queda un consuelo: allí, escrita en azul, permanece la dirección cibernética en la que, por lo visto, mi hijo ha adquirido fama mundial. Incluso los Asesores estarían de acuerdo en afirmar que no hay madre en la faz de la tierra capaz de resistirse a tal tentación.

Así que pincho dos veces con el cursor y una nueva pantalla se despliega ante mis ojos. Tardo un siglo en aclararme. Sólo veo un listado interminable de líneas que carecen de significado para mí hasta que, de pronto, al final, distingo una frase que me sacude el alma.

¡¡JAVI, ERS UN CBRON!!

A su lado, una indicación ordena: «Despliega texto.»

La pincho y entonces, por fin, puedo clavar mis pupilas en la interesante alusión que la autora hace al hijo de mis entrañas. Doy gracias al cielo de que esta escritora haya utilizado todas las letras para hablar de mi hijo. Su texto dice literalmente:

> «Hola, soy una chica de 14 años y tengo un problema. Es la primera vez que escribo en este foro para ver si me podéis dar consejo. A ver, me explico. Yo tengo 1 amigo que es un fanático del monopatín y que se llama Javi [*inciso*: la niña da el apellido para que al mundo cibernético no le quede la menor duda de quién está hablando]. Bueno, pues le conocí en la calle, pero cuando empecé a conocerle mejor fue hace unas semanas, poquitas. Nada, que estábamos en la plaza donde él patina y nos quedamos hablando él, una amiga y yo. Estuvimos mazo bien, él

super mono y yo igual. Bueno, y con mi amiga también guay.

Pos nada, a los dos días me dice que le mola mi amiga y a mí pos ¡ah qué bien! Como no me molaba ni nada, o sea, todo muy bien. Hace poquísimo tiempo volví a la plaza otra vez y mi amiga no fue conmigo, así que Javi y yo estuvimos los 2 súper bien y él y me cogió de la cintura en plan novios, súper mono, así, super cariñosos los 2.

Una chica que también patina y que parece marimacho le preguntó que quién le molaba aparte de mi amiga (la que ese día no fue), y Javi dijo que alguna chica guapa y simpática. Nada, resulta que Javi se refería a mí, y le digo yo venga pos vamos.

Nos fuimos a las esquinas donde estaba todo el mundo liándose y nos quedamos allí en plan súper pegados. Me cogió de la mano en plan novios. No sé, fue todo muy fuerte. Parecía que estábamos saliendo, no sé, una cosa anormal. Él dice que soy la leche, súper mona y eso. Pero ayer hablé con un amigo suyo que se llama Moleño, lo digo por si alguien le conoce, y Moleño dijo que Javi está enamorado de una tía de su colegio, súper colado, súper quedado con ella. Yo me sentí engañada, utilizada, aprovechada, y por un lado pienso que Javi es un #"¡=!* y un /&**# [*inciso*: no soy capaz de repetir los calificativos, pero les aseguro que si la niña se muerde la lengua, cae fulminada por su propio cianuro].

Mis amigas me aseguran que no, que Javi está por mí y que tengo posibilidades. Todo muy, muy, muy raro. POR FAVOR, NECESITO QUE ME DÉIS CONSEJO URGENTE. ¿ALGUIEN SABE QUÉ PIENSA ÉL? ¿QUÉ DEBO HACER?

Muxas gracias a todos. Besos.

Firma: Una chica desesperada.»

La cara se me ha quedado de cartón-piedra. Yo no sabía que el deporte del monopatín incluyese escarceos amorosos por las esquinas de la vía pública, tal y como en este testimonio se detalla. Tampoco podría haber soñado siquiera que mi Javi, a quien yo creía más inocente que un bollito de canela, dedicara su precioso tiempo a romper los corazones de las espontáneas que aparecen por el parque. No me lo imagino agarrando a la chica por la cintura cual Casanova experimentado; seguro que ella le saca tres cabezas y media. Y encima, el muy lelo elige mal. Podría habérse buscado a una que no manejase ordenadores ni se bandease tan bien por internet.

Ahora, como resultado, el apellido de mi familia pasea todo mancillado por el mundo cibernético. A saber si alguno de mis jefes, conocidos o amigos se ha topado con esta desagradable exposición de la vida privada de mi hijo. Tiemblo sólo de pensarlo.

El pavoroso problema de la personalidad

Javi está cambiando. Ahora transita hacia los catorce años y les confieso que no he visto una mutación tan atroz desde que nació. No me refiero al aroma de su pubertad, del que ya me han oído quejarme en más de una ocasión. Tampoco me atormenta el sueño que últimamente le quitan las chicas, lo cual es casi una bendición teniendo en cuenta que el angelito está en edad de hipotecar su cerebro y su corazón en ese tipo de asuntos. Mi preocupación se centra, más bien, en un cúmulo de detalles que me tienen algo mosca. Creo, en resumen, que mi niño se está volviendo un macarra descomunal.

Yo vigilo al chico perfecto del cuarto piso, a quien diariamente oímos ensayar con su violín. Carlitos, que así se llama el querubín, tiene un año más que mi hijo. Últimamente le miro esperanzada, buscando un atisbo de cambio a peor; pero la imagen que recibo es la de un chico modelo que saca a pasear al perro cada vez que su madre se lo pide y, además, lo hace uniformado como un ciudadano normal.

Lo de Javi es distinto. Hace un par de meses, empecé notando un cambio sustancial en su gusto por el vestir. Todavía el año pasado, callaba y sufría en silencio cada vez que la abuela se presentaba con una camisa o un pantaloncito decentes. Ahora, sin embargo, Javi se ha vuelto adicto a la ropa cuatro tallas mayor que la suya. Si, además, está decorada con calaveras y viscosidades diversas, pues mejor que mejor. A veces me veo en la necesidad de apartar la mirada.

—Soy *skater*, mamá. ¿Es que todavía no te has coscado, o qué?

Se le llena la boca con el término anglosajón. ¿Por qué no pondrá tanto entusiasmo a la hora de hacer los deberes de inglés?, pienso yo.

—¿Y es necesario que, además de patinar, vayas barriendo las calles? —comento al verle arrastrar las perneras, aunque, si me centro en lo positivo, lo cierto es que el niño me está dejando la tarima como los chorros del oro.

—Psé, ¡claro! —responde con una expresión más insulsa que un yogur de agua—. ¿Acaso pretendes que vaya como un *patético*?

Estoy segura de que otras madres se guardan en la manga sistemas de convicción acertados y sensatos.

—Un buen soplamocos, ¡eso es lo que el niño necesita! —brama la abuela, quien, en sus tiempos, recurría bastantes veces a ese método tan infalible.

Pero esa técnica no es para mí. Una vez la apliqué y me dejó acribillada a remordimientos durante dos semanas seguidas. Así que, sin ningún éxito, me limito a embestir diariamente contra un pantalón caído por debajo de las caderas y unos calzoncillos asomando por debajo. Da pena verlo, en especial porque Javi ha centrado su devoción sólo en el pantalón, olvidando los calzones. Todavía utiliza el modelo que estaba en oferta hace dos años, por lo que compré una cantidad ingente. Está confeccionado con una tela de graciosos ositos de peluche; resulta sobrecogedor el contraste entre el inocente motivo infantil y el pingajo vaquero que lo cubre a medias.

Pero eso no es lo peor. No. Hasta aquí les he hablado del uniforme de invierno que, dentro de lo malo, tiene pase. Lo auténticamente esperpéntico es el modelito que se ha agenciado para sus actividades veraniegas con el monopatín.

—¿Qué es esto? —digo sujetando la cosa con dos dedos.

Mi Javi, que lleva aquello puesto, se pierde en el fondo del tejido, los bracitos asomando a los lados parecen los de un saltamontes desnutrido.

—¡Déjalo! ¡No lo toques!

—¿De dónde ha salido?

—Se la he comprado a Moleño, y a él se la ha vendido el cuñado de su portero, que es levantador de pesas profesional.

—Y a tan amable vendedor, ¿quién lo levanta por las mañanas? —ironizo al comprobar el tamaño de la camiseta—. ¿Una grúa?

—Pues, ¿quién va a ser? —Javi se encoge de hombros—. Supongo que su madre, como a todo el mundo.

Me conmueve la respuesta. Incluso vestido de forma espeluznante, mi niño todavía rebosa candidez. Allí le veo, parado en medio de la cocina, con su nueva adquisición que le llega por las rodillas. De nada sirve que se trate de una camiseta sin mangas. El tirante le cubre la totalidad del hombro y la sisa casi le alcanza la cintura.

—¿Y eso? —señalo la decoración.

—Me lo he pintado yo. ¿A que mola?

Para gloria de la humanidad, el arte de Javi ha sido plasmado en ambas caras de la camiseta. El derroche de ingenio me estremece. Por delante aparece, diseñada con spray de plata, la siguiente frase-revelación:

Amo los ordenatas comprensivos y...

Obsérvese el suspense que mi niño logra con los puntos al final. Menos mal que el enigma queda resuelto, esta vez con spray rojo, en la parte trasera:

... el sexo interactivo

—¿Desde cuándo el sexo es interactivo? —me permito preguntar, por romper la gélida escarcha que se ha formado en el ambiente.

—Al principio tuve muchas dudas si poner «intensivo» o «interactivo» —explica—. «Intensivo» también va de vicio, ¿verdad?

—Más o menos —respondo. No quiero dejar de parecer una madre abierta al diálogo.

—Ya, pero no es una palabra tan adecuada como la otra.

—Hombre, según por dónde se mire.

Me estoy aferrando a la doctrina aprendida de los Asesores: «Si quieres desarticular una conducta improcedente, sólo tienes que sembrar dudas y arrepentimiento. Así de fácil.» Bien, me aplico y quizá, con suerte, consiga que Javi entierre o regale el dichoso trapito. Pero no. El niño se ha devanado los sesos elucubrando palabritas y, como resultado, su seguridad en el acto cometido se halla a prueba de cualquier tipo de boicot:

—Al final, después de mucho pensar —explica satisfecho—, me decidí por «interactivo», porque para mí es *fundamental* que el sexo sea internacional y activo a la vez.

Me sobrecojo. Observo la pintada de cerca, releo el texto.

—Ésta es mi nueva personalidad —concluye, orgullosísimo.

Me quedo muda.

Sé que, a lo largo de la vida, las transformaciones responden a una ley conveniente a la par que ineludible; sé que incluso los gusanos la practican cuando, un buen día, dejan de ser unos repugnantes seres viscosos y se convierten en gentiles mariposas. Lo que nadie me había contado es que mi niño anunciaría la mutación a través de una moda creada por él mismo, con la cual expresaría a voces que su nueva identidad se apoya, fundamentalmente, en la incontinencia sexual.

—No te quejes, la culpa la tienes tú —señala la abuela.

Como levantadora de ánimo, no tiene parangón.

La redacción de Javi

—¡No hay derecho! —brama Javi, entrando en casa como un ciclón.

El niño regresa verdaderamente afectado del colegio.

—¡Mira! —me extiende una carta—. ¡Tienes que ir a protestar! Es una injusticia. ¡Pienso quemar el colegio, que lo sepas!

Veo que la nota viene firmada por el tutor y, con el corazón encogido, leo:

> «Estimados padres: lamento comunicarles que su hijo Javier ha entregado un trabajo inadmisible para la asignatura de Sociales. Antes de tomar otras medidas, el centro escolar le dará la oportunidad de repetirlo, siempre y cuando se ajuste al tema propuesto con la seriedad que merece. Debe presentar el nuevo trabajo en dos días, tiempo límite para que podamos realizar la junta de evaluación.»

Después de leer, la afectada soy yo.

—¿A qué trabajo se refiere? —pregunto, intentando guardar la calma, pero me desborda el disgusto y hago un gesto de reproche.

—El tío de Sociales no tiene *ni idea*, mamá, te lo juro, está más loco que una vaca inglesa, es un amargao, un...

Javi se envalentona, los calificativos hacia su profesor se vuelven cada vez más denigrantes. También incluye en el lote a su colegio y a todo lo que tenga que ver con la única responsabilidad que tiene en su vida, que son los estudios. Pero no me dejo engañar y vuelvo a la carga con la misma pregunta.

—Se refiere, ni más ni menos, a la redacción que tú y yo hicimos juntos —responde altanero. Se ve que, al estar su propia madre implicada en el delito, el niño se crece.

Casi no doy crédito a lo que oigo. En efecto, busqué información para que Javi pudiese escribir este trabajo. Creo que se trata de una conducta habitual entre padres de estudiantes; si no, que me expliquen qué hacen todas esas madres en la biblioteca pública. Cansada estoy de ver cómo se autocastigan completando los deberes que deberían estar haciendo sus hijos. Lo mío fue más honesto. Es cierto que ofrecí a mi hijo las bases informativas, pero luego dejé que él trabajase por su cuenta. Así es como dicen los Asesores que deben hacerse las cosas en lo que se refiere a los deberes. De lo contrario, los niños no aprenden a ser responsables.

Hago un esfuerzo para comprender mejor este asunto. La memoria me lanza quince días atrás cuando, a media noche, Javi se presenta en mi dormitorio con una declaración de amor:

—Mamá, te necesito. Sin ti, no puedo hacer la redacción.

La urgencia es total. La agenda en la que Javi apunta los deberes se le ha extraviado en el fondo de la cartera y el pobrecito ignora por completo *qué* hay que hacer y para *cuándo*. Como remedio, no tiene mejor ocurrencia que salir a suicidarse con el monopatín durante toda la tarde, desde que acaba el colegio. Luego se ducha, baila en su discoteca particular —que también es su dormitorio, como en el caso de Nela—, cena, ve la tele y, casi a la hora de dormir, habla por teléfono con su camarada Moleño, al que llama para ver qué tal.

Ese día fatídico, Moleño ha dejado que Javi vaya al parque solo, sin su compañía, por una misión estudiantil ineludible que justifica tal plantón. Al igual que el resto de los colegas de mi hijo, mientras éste patina, Moleño se afana en hacer una redacción importantísima para la asignatura de Sociales. Pero, fiel a su camaradería, justo antes de irse a dormir habla por teléfono con su amigo Javi y le enumera la enorme cantidad de folios que su redacción ocupa. En ese preciso momento, lívido de apuro y preocupación, Javi acude a mí en busca de auxilio.

—Hay que escribir sobre otras civilizaciones y eso, ya sabes a qué me refiero.

—¿Te refieres a los fenicios, a los griegos, a los...?

—No —ahora el niño es contundente—. Yo he decidido que quiero hacerlo sobre los japoneses.

Su rotundidad me deja estupefacta. A pesar de su despiste con los deberes, parece que se está volviendo un chico decidido y responsable. A saber si habrá atendido en clase más de lo que yo imagino. No obstante, me extraña que, entre las muchas posibilidades, haya elegido a los japoneses precisamente. Apenas sé nada de ellos, así que intento disuadirle. Debo tener cuidado y, por eso, utilizo una estrategia doblemente inteligente: por un lado, no quiero derrumbar la imagen de madre culta que Javi tiene de mí, pero, al mismo tiempo, intento no lastimar la autoestima del niño, ya que ha mostrado una seguridad muy positiva respecto a la civilización elegida. Por eso me permito inquirir:

—¿Y qué tienen los japoneses que no tengan, por ejemplo, los romanos?

—¿Qué tienen? —me lo pregunta como si le costase trabajo digerir a la completa ignorante que se encuentra frente a él—. ¡Los japoneses se lo montan de vicio, mamá!

—¿Te refieres a que, cuando se ponen en huelga, lo hacen trabajando sin descanso?

Por unos segundos se queda callado, como si no hubiera caído en ello.

—Bueno, sí —consiente—, pero también lo digo porque son los inventores del manga, y porque son kamikazes, y porque hacen unos videojuegos que flipas... —ya no se le ocurre nada más—. ¡Ah, sí! ¡Y porque sus hospitales molan!

—¿De veras? —es la primera vez en mi vida que oigo tal cosa.

Por un momento pienso que me urge un reciclaje cultural y calculo para mis adentros cuándo fue la última vez que leí el periódico de cabo a rabo. Siglos, qué espanto.

—Podría hacer una redacción sobre el caso del súper famoso hospital *Akitekuro* —Javi es un manantial de ideas, así que no sé para qué me necesita. Él se encarga de aclarármelo:

—Sería bueno que me dijeses cómo se llaman los típicos departamentos de un hospital. Yo sólo conozco la parte de las urgencias...

No es de extrañar lo que cuenta. Gracias al monopatín, a Javi están a punto de darle la medalla de honor en la casa de socorro de nuestro barrio. Pero no hay tiempo para disertaciones. El niño tiene prisa:

—Vete apuntándomelo en un papel —ordena— y, cuando ya lo tengas, entonces yo hago la redacción sobre cómo se lo montan los japoneses en esos departamentos.

Miro el reloj y me espanto al comprobar que las agujas alcanzan la una de la madrugada.

—¿Cuándo tienes que entregarlo?

—Mañana a última hora.

De nada sirve chillarle. Es demasiado tarde y necesito actuar. Se me ocurre una idea: Javi se irá a dormir mientras yo busco información en la enciclopedia. Al día siguiente, durante las horas de recreo, mi hijo escribirá su redacción. El trato le parece fabuloso. Todos estamos contentos, y yo me quedo levantada, buscando y rebuscando, hasta entrada la madrugada.

Por la mañana, Javi sale hacia el colegio con un flamante expediente acerca de los departamentos que pueden hallarse en un gran hospital, desde Dermatología hasta Venereología. Además, al intuir que el niño tendría escasa idea de para qué demonios sirven los «anatomopatólogos» y otras especialidades por el estilo, añadí una pequeña descripción de cada servicio. Pero eso no fue todo. También se me ocurrió ir todavía más lejos y, dado que el tema básico de la redacción eran las distintas civilizaciones, culturas o razas, hice una descripción de los cuatro grandes grupos raciales. Al investigar, encontré términos increíbles que los definen: *melanodermos* para los de piel oscura, *xantodermos* para los de tonalidad amarillenta, *leucodermos* para los lechosos —como yo— y *australoides* para los que, según leí, son de *razas* «primitivas y estatura baja, con características morfológicas poco evolucionadas».

Así de completa era la documentación que mi Javi llevaba en la mochila.

—¡Hijo, no se te olvide utilizar tus propias palabras! —le aconsejo a gritos mientras el niño ya baja por las escaleras.

Paso el resto del día pensando en él y, a su regreso, le pregunto:

—¿Qué tal el trabajo? ¿Tuviste tiempo de completarlo?

—Genial —responde tirando la mochila en la entrada—. Estaba chupao. Moleño se ha reído cuando se lo he dejado leer un poco.

La última frase me extraña, ya que personalmente encuentro que los proctólogos, odontólogos y ginecólogos tienen bastante poca gracia. Pero de Moleño puede esperarse cualquier cosa; no en vano un día le vi partirse de risa cuando me vio hacer un nudo en la cuerda de un columpio.

Por eso, y porque todo era tan *genial* según Javi, no me explico por qué su tutor nos sale ahora con esta desagradable carta. Intuyo que puede tener alguna relación con lo de los *australoides* y su escasa evolución morfológica. Quizá el colegio considera improcedente que un niño de trece años sepa cosas tan fuertes. Por eso le pido que me enseñe la redacción.

—No la tengo. Todavía no me la han devuelto.

—Está bien —clamo enfadada. En el fondo, y pensándolo mejor, lo de los *australoides* está sacado de una enciclopedia homologada y seria. Sin duda debo protestar, así que me pongo en jarras—: Si tengo que defenderme de algo que considero injusto, debo saber de qué estoy hablando, así que ¡AHORA MISMO voy a llamar a tu profesor para que me entregue tu trabajo!

—Bueno, es que... —Javi se pone verde— creo que sí me lo devolvió, pero se me ha perdido.

—¿¿QUÉ?? —estallo y veo cómo Javi mira discretamente hacia la puerta de salida.

—Bueno, no se me ha perdido exactamente, pero se me ha arrugado y casi no vas a poder leerlo.

La paciencia se me agota y Javi lo sabe. Arrastra los pies hacia la entrada, se agacha a cámara lenta, busca en la mochila, saca con parsimonia un lápiz, luego una goma, luego una peonza y luego el cordón de la zapatilla de gimnasia... Yo taconeo. Ahora saca una carpeta abarrotada de posibles diseños para futuras y esperpénticas camisetas. Taconeo de nuevo. Me mira y, sabiendo que no tiene escapatoria, me lo entrega por fin.

Lo primero que salta a mi vista es un cero más redondo que un euro. Está escrito en rotulador grueso y de color rojo, demostrando cuánto ha sangrado el profesor al ponerlo. Y no es para menos.

Lean, juzguen y si luego tienen alguna recomendación que darme, ¡háganlo, por favor!

La redacción de Javi
(Parte II)

No sé por dónde coger la redacción que Javi entregó después de que yo, su madre, me pelease durante horas con las páginas de una monumental enciclopedia, restándole a mi sueño horas y a mi salud años. Tuerzo el gesto, releo de nuevo y compruebo que el desaguisado se originó desde el principio. De poco, o más bien de nada, sirven los subrayados en varios colores que Javi ha utilizado para decorar el texto, en el intento de que éste pareciera muy trabajado y profesional.

Júzguenlo ustedes mismos:

Trabajo de Sociales.
Módulo: Razas, pueblos y civilizaciones.

LOS HOSPITALES JAPONESES

Voy a escribir sobre los japoneses y no sobre los romanos, porque el concepto de raza es muy confuso entre los romanos y nosotros, ya que somos más o menos iguales.

Para empezar, hay cuatro grandes razas en el mundo: los melanodermos, que son los negros; los xantodermos, que son los chinos y los japoneses, de quienes hablaré más adelante. También están los leucodermos que son como yo, es decir, blancos; y por último están los australoides que, como su nombre indica, son bajos y están muy poco evolucionados.

Los científicos dicen que estas razas se diferencian entre sí por su piel y también por la frecuencia de sus enfermedades. Esto me ha llevado a pensar en los japoneses.

Cuando los xantodermos enferman y van al hospital, lo tienen más fácil que nosotros, los leucodermos, porque cuando un xantodermo tiene un problema de salud concreto, le resulta muy fácil averiguar a qué departamento hospitalario tiene que ir para que le atiendan.

Es algo en lo que nos superan muchísimo.

Por ejemplo, cuando nosotros tenemos un problema en la sangre, debemos acudir al *hematólogo*. Muchas personas no saben qué significa esta palabra ni otras cuantas del mismo tipo científico. Los xantodermos, en cambio, saben a qué médico ir porque hay una ley en Japón que obliga a los doctores japoneses a ponerse nombres que signifiquen lo mismo que la enfermedad que curan.

A continuación escribiré la lista, para que lo anterior quede más claro:

La palabra «hospital» se dice en japonés *Akitecuro* (aquí te curo), y los médicos de las distintas especialidades se llaman así:

Urgencias: Dr. Yatekuro o Dra. Tekure
Dermatología: Dr. Tusobako Tekanta
Endoscopia: Dr. Temeto Tubito
Fisioterapia: Dra. Mitoke Talivia
Hematología: Dra. Tefluyeplaketa o Dr. Tomatirita
Laboratorio: Dr. Temira Tukaka
Medicina Preventiva: Dra. Yoketu Mekuraba
Neumología: Dr. Tutose Mufuerte
Odontología (dentistas): Dra. Tekito Lakarie
Oftalmología: Dr. Yomiroi Tumemira
Otorrinolaringología: Dra. Sakomoko o Dr. Tokamemoko
Pediatría: Dra. Tekurolonene
Proctología: Dr. Temirokulete o Dra. Temeto Deito
Radiología: Dr. Totamu Confuso
Reumatología: Dra. Tuwisagra Tamal
Urología: Dr. Taduro Tunabo
Venereología: Tupito Tamal

Conclusión: la raza de los japoneses, o lo que es lo mismo la de los xantodermos, nos demuestra un comportamiento muy controlado, por lo que su higiene, alimentación y cultura deben ser imitados por las otras razas, en especial por la de los australoides. El ejemplo que dan los médicos japoneses nos sirve para reflexionar sobre nuestros hábitos de vida. Así podremos conseguir más autoestima y equilibrio personal.

Firma: Javier, 2º ESO, letra B

Me muerdo el labio para no gritar.

—¿De dónde te has sacado esto de la autoestima?

—De ti. Tú siempre estás diciendo esa palabra.

Lo que me faltaba. Espero que su profesor no le haya hecho la misma pregunta.

—¿Cuál era *exactamente* el tema que se te pedía desarrollar? —le digo mientras respiro profundamente para mantenerme serena y confiada, aunque apenas lo logro.

Javi pone los ojos en blanco y se ve en la necesidad de explicarlo una vez más. Todo el claustro de profesores le ha debido someter al mismo interrogatorio y, para colmo, ahora también se le echa encima la mole familiar.

—Te lo he dicho mil veces, mamá; te he dicho que nos pedían hablar de «Las razas humanas, sus civilizaciones y sus culturas» —recita cual papagayo cansado.

—Ya. Entonces, ¿puede saberse qué tienen que ver estos nombres japoneses tan ridículos?

—No son ridículos. Casi me rompo los sesos investigando sobre ellos, mamá, te lo juro.

—¡¡Yo soy quien te va a romper los sesos de chorlito por lo que has hecho!!

—¿Qué he hecho? ¡A ver! —me quita el papel y lo vuelve a leer—. ¡Mira! —da golpecitos en la parte central del folio—, esto de los doctores es de partirse. Tú misma has sonreído al leerlo, que yo he visto cómo se te subían los lados de los labios así —hace el gesto del Joker de la baraja.

Tiene razón. He sonreído, pero creía que no se me notaba. Después de todo, debo reconocer que mi hijo tiene una barbaridad de ingenio… ¿de quién lo habrá sacado? A su edad, yo hacía los deberes exactamente como se esperaba de mí y no se me ocurría desmandarme ni en una sola palabra. Quizá Javi tenga futuro como cómico, porque hay que ver el derroche de imaginación que ha echado a unas aburridas razas humanas.

—Por lo menos, tu profesor podría haber tenido en cuenta la gran creatividad que has demostrado —replico, intentando buscar el lado bueno.

—Ya, pero es que no lo he demostrado.

—¿Ah, no? A mí me parece dificilísimo inventar el nombre de Dr. Sacamoko, por ejemplo, para llamar así al otorrino.

—¿Por qué te resulta tan difícil creerme? —se ofende—. Yo no me he inventado nada. Todo esto es real. ¡Lo dicen en internet!

El taladro

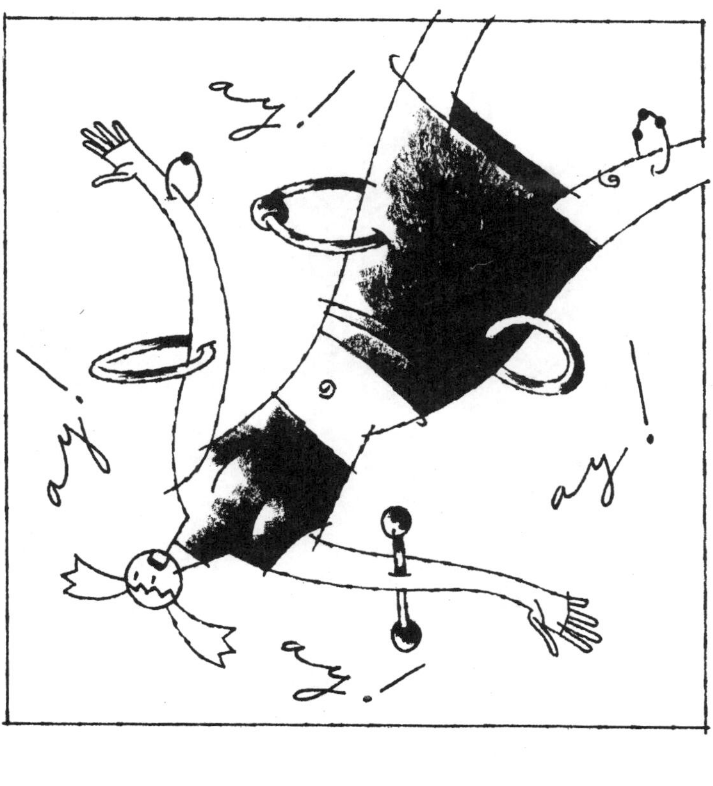

Nela se porta de un modo rarísimo. Es evidente que oculta un secreto vil bajo la manga. No tengo más que observar la infusión de manzanilla que se ha preparado. Mi hija ODIA las infusiones.

—Saben a pis —dice siempre.

Pero ahora la veo ahí, bebiendo pis a sorbos, balanceándose en la silla, sonriendo de lado y mirándome como si yo llevase un moco colgando.

—¿Ocurre algo que yo deba saber?

—¿Tú qué crees? —Nela pronuncia las palabras despacio, ahuecando la boca, como si tuviese una patata caliente dentro.

Para ser sincera, confieso que en la última semana he notado un alto grado de susurros y secretos en las conversaciones telefónicas entre la niña y sus secuaces.

—¿Te apetece saber lo que he hecho? —pregunta elevando seductoramente una ceja y todavía con la tórrida patata en la boca.

—¿Tú qué crees? —le devuelvo. Sé que estalla de

ganas de contarlo, le delatan la velocidad a la que se columpia y el tic de su pie derecho.

—Creo que no —resuelve la muy ladina; día a día sofistica más sus artimañas para fastidiar.

—Bueno, pues entonces, ¡hasta luego! —me arriesgo.

Giro sobre mis pasos y voy hacia la puerta. Pero lo hago a cámara lenta, dándole a Nela una oportunidad de oro para desembuchar de una vez. Si mi estrategia falla, sé que el feliz descanso se me evaporará sin remedio. Ya me veo a mí misma durante noches y noches en vela, tirándome de mis pelos por no haber sido capaz de decir: «Sí, querida, dímelo ahora mismo, por lo que más quieras.»

—Me parece que te *conviene* muchísimo saberlo —insiste la niña.

—¡Ah! —clamo con fingido desinterés—, si tú lo dices...

Antes de finalizar la frase, me topo de bruces con el abominable secreto. Sopor, vapor y ahogo me suben por el rostro. Allí, frente a mí, Nela expone una lengua morada como una berenjena. Una tachuela metálica tintinea en el mismo centro.

—¿Quieres ver cómo ha quedado por abajo?

—No gracias —suplico.

Pero ella expone el área a pesar de mi petición. Me siento desfallecer. El espectáculo de la lengua de mi hija me trae a la memoria el cuello de Frankenstein. Le prohíbo volver a mostrar la cosa en mi presencia.

—¿Quién ha sido el criminal que te ha taladrado así? —me enfurezco—. ¡Tienes un derrame!

—No. El color morado es por culpa del desinfectante.

Tengo tanto en qué pensar, tantas preguntas por hacer, tantos guantazos que arrear...

Nela lleva dos años amenazando con mutilarse voluntariamente. Comenzó aludiendo al ombligo y, a partir de ahí, fue pasando por todas y cada una de las protuberancias de su cuerpo. Al principio yo me ponía de los nervios y la amenazaba con múltiples bofetones que ni yo misma me creía capaz de dar. Me cansaba de recordarle cómo le habían tenido que amputar la oreja al repartidor de pizzas tras hacerse un desafortunado *piercing* en el cartílago superior, es decir, en esa horrible parte que se pone roja nada más tocarla. No paré hasta el día en que los Asesores me abrieron los ojos. Dijeron que lo que Nela buscaba era armar un poco de bulla. Yo no debía darle importancia. Bien mirado, tenía mucha suerte de que la niña soñase con un *piercing* y no con un tatuaje, que no se quita jamás. En realidad, yo era una afortunada.

Inmediatamente pienso en lo dichosa que debió sentirse la vecina del sexto y madre del chico Perfecto. El muchacho nos tenía acostumbrados a sus matrículas de honor, a sus disertaciones cultas, a sus premios y diplomas. Más de una vez pensé en él como yerno potencial, pero por aquel entonces Nela le manifestaba un desprecio absoluto. Los hombres que se parecen a una columna intelectual nunca han sido santos de su devoción.

—Es un pringao —decía como si acabase de chupar un limón—. Me da asco.

De pronto, un buen día de primavera, la niña cambió de opinión.

—Jo, ¡qué *morbo* tiene el tío! —nos informó después de coincidir con él en el portal de casa.

La madre del muchacho, por el contrario, sigue sin reponerse del súbito *morbo* del nene. Todavía recuerdo la expresión de aquella pobre mujer cuando, de pronto, su churumbel se presenta una mañana de domingo con la ceja atravesada por un pincho de plata. Ella anduvo por los pasillos a veces transportada, a veces abatida por las náuseas, a veces paranoica con la idea de un sida inminente. ¿Y creen ustedes que al chico ex perfecto le importó algo? Pues sí que lo hizo. A partir de ese momento, ha ido añadiendo artilugios metálicos a su cabeza y a saber a qué otros inverosímiles lugares también.

Un día me lo encontré en el ascensor y, de la impresión, casi se me caen todos los paquetes que llevaba en las manos. El muchacho se había ensartado una bola en el cartílago que tapa ligeramente el canal auditivo de la oreja, justo la zona que uno se presiona cuando no quiere escuchar lo que se dice. Todo el área se le había puesto inflamada y morada. Igual que ahora le ocurre a la lengua de Nela.

—¿Te duele?

—Muchísimo. Casi no puedo hablar. Es como si toda mi lengua fuese una inmensa llaga.

Mi hija da un sorbito a la infusión de manzanilla y la expresión se le contrae de dolor.

—Sólo puedo tomar pis frío durante una semana.

Lo que nos faltaba. La muerte de Nela se acerca rápida e ineludible. Si la niña no se me va al otro barrio a causa de la infección en la lengua, se me irá consumida y atacada por la desnutrición.

—Rosi, la muy bestia, se ha zampado una salchicha nada más salir del sitio donde nos lo hemos hecho —explica—. Casi se desmaya del dolor, igual que Alex.

—¿Rosi también ha cometido esta locura?

—Sí. Y también Alex, y Mauri, y Ric, y... —me facilita todos los nombres de su lista telefónica—. Pero sus padres no lo saben y ellos no piensan decírselo hasta dentro de un mes.

Los Asesores me dirían que todavía tengo motivos para alegrarme. Al menos, soy la única progenitora debidamente informada. Pero mi minúsculo regocijo se ve de nuevo eclipsado por nuevas noticias.

—Todavía hay algo más —anuncia.

—¡Por Dios! —clamo con el corazón en vilo—. ¡No será posible que, además, te hayas hecho un tatuaje!

Siento que me falta salud para aguantar todo esto de golpe. Yo preferiría que las desfiguraciones de Nela se produjesen poco a poco, para darnos tiempo de acostumbrarnos al tema. En eso hay que reconocerle mérito al chico ex perfecto, que se incrusta artilugios una vez al mes.

—No es eso —me tranquiliza Nela—. Es Rosi. Ha vomitado y le ha subido la fiebre. Ahora está en mi cama. Y Alex está en la tuya.

—¿QUÉ?

—No chilles, no te pongas histérica. Tú no lo sabes, pero estas reacciones son normales cuando te haces un *piercing*, ¿vale? —Nela le explica cosas del mundo moderno a un miembro del séquito de Tutankamón.

—A Alex le tocó una tía que no tenía *ni idea* —continúa—. La muy asquerosa le ha metido el pendiente en todo el nervio. Desde que se le pasó la anestesia no ha parado de llorar. Ni siquiera podíamos quitarle el *piercing* porque, en cuanto se lo movíamos un poco, se mareaba. Al final se ha mareado completamente y le he tenido que tumbar en tu cama.

Fulmino a Nela con la mirada. De un día para otro, me he convertido en la madre de una niña desfigurada y loca.

—Jo, mamá, ¿qué quieres? —golpea la mesa con los puños—. ¿Acaso prefieres que le acueste en la mía, donde están Rosi y sus vomitonas?

Me levanto de un salto.

—Creo que deberíamos llevar a todo el mundo al hospital —suspiro cogiendo el bolso.

—Eso es precisamente lo que te iba a sugerir yo —resume Nela.

¿Qué opinarían los Asesores de este nuevo atisbo de responsabilidad sanitaria de mi hija Nela?

Aficiones proscritas

La primavera hace estragos en la vida de mis hijos. No sé bien a qué atenerme. Su carácter fluctúa a la velocidad del vértigo y lo mismo me los encuentro deambulando por los pasillos con espíritu lóbrego, que bailando desaforadamente bajo acordes infernales que piratean de internet. Casi no puedo encender el ordenador sin llevarme un disgusto. Ayer tuve que enfrentarme a una estrepitosa melodía dotada con un título que no me atrevo a transcribir y que, según Javi, es «la caña». Un día de éstos me estallan la paciencia, el disco duro y los altavoces del ordenador.

Los exámenes están al caer, pero Nela y Javi pasan por alto este pequeño detalle y concentran toda su atención en aspectos mucho más importantes, como, por ejemplo, ser *relaciones* del mayor número posible de discotecas *light* en el caso de mi hijo, o enamorarse ardientemente de un chico distinto por semana en el caso de mi hija. Los aires primaverales azotan mi hogar sin compasión, dejándonos a su paso a unos niños ebrios de amoríos, irresponsables con la tarea escolar, indolentes con su madre, agresivos entre sí, disipados al máximo, imprevisibles.

—¡Qué asco de vida! —suelta de pronto Nela, adoptando la postura de una lánguida odalisca en el sofá del salón—. Me quiero morir. Éste es un condenado país —añade dramáticamente.

—Querida, no creo que sea para tanto. Dicen algunos que España va bien, ¿acaso no lo has oído?

—Será para la gente aburrida como tú, pero a mí, por ejemplo, me han estropeado los findes con la eliminación de los botellones —mira al techo y suspira.

—¡Nela!

—Traaaaanqui, tranqui, tranqui —me da unas palmaditas en la espalda para que me calme—. Sólo beben los chicos. En algunos grupos de por ahí también se emborrachan las chicas, pero nosotras sólo comemos patatas fritas y gusanitos. Únicamente hubo un día en el que Tama se bebió un calimocho que estaba asqueroso. Pero luego vomitó y la acompañamos a casa. Su madre se puso histérica y nos hizo llorar a todas.

Debo estar agradecida. Mientras yo paseaba por el limbo, la madre de Tama educaba a Nela por mí. Ahora es el gobierno el que se encarga de hacerlo. Ya puedo dormir tranquila. Las infernales veladas de botellón han pasado a la historia.

Nela está sorprendentemente comunicativa. Como no tiene otra cosa mejor que hacer, se entretiene impartiendo cursos de vida moderna a su arcaica madre:

—Pero lo mío es minúsculo, comparado con lo que le han prohibido a Javi —me cuenta.

Hoy debe ser mi día de suerte; ahora me llega un nuevo motivo de alegría. Ya era hora de que echasen a los patinadores suicidas de las plazas. Los antaño apacibles lugares de esparcimiento público se han convertido en campos de alto riesgo, donde uno se juega el tipo con la posibilidad de ser barrido por el monopatín de un Javi cualquiera. Me compadezco de los pobres viejecillos que ya no pueden tomar el sol con tranquilidad, me apiado de los niñitos y sus inocentes triciclos, me conduelo con las palomas que diariamente mueren de súbitos ataques al corazón.

—Mamá, ¿te estás haciendo la graciosa o qué? —me interrumpe Nela—. A Javi no le han prohibido ser un *skater*, sino un graffitero.

—¿Un qué?

—Un artista de la calle, de esos que usan sprays para pintar muros, escaparates, bancos, papeleras y cabinas de teléfono.

Me quedo de mármol. Ignoraba por completo que mi hijo fuese destrozador del mobiliario urbano. Tiene suerte de no estar ahora en casa porque les aseguro que, si estuviese a mano, le arrancaría una pierna.

—¿Desde cuándo hace Javi eso?

—¡Uf! —Nela calcula y se remonta a los tiempos de Ramiro el Monje—. No sé, lleva *toda la vida*. Está metidísimo. En su grupo, la LPS, Javi es un mandamucho.

El nombre del grupo me pone el vello de punta; suena igual que una droga peligrosa. Tiemblo sólo de pensarlo. Que el niño ande agitando sprays por las calles ya es malo, pero que encima se atiborre a LSD... Menos mal que Nela me lo aclara:

—LPS significa *Liga Pura Sangre*. Hasta ahora era una de las *crews* más famosas, cantosas y temibles de España.

Dicho así, la cosa cambia. Por lo visto es una suerte que Javi cometa sus delitos arropado por un grupo tan cantoso y temido. Los que van por libre tienen muchas probabilidades de ser pillados con la pinturita fresca y les pueden caer unas multas equivalentes al precio de un piso. Yendo en bandada, en cambio, uno es libre de guarrear la pared mientras los esbirros vigilan si se acerca la poli o también los sufridos dueños del lugar que se está decorando.

Naturalmente, todo esto es nuevo para mí. Estoy escandalizada, apenas me explico cómo es posible que tan pavorosa actividad me haya pasado desapercibida, sobre todo teniendo en cuenta que, según Nela, el niño nos ha salido diestro y habilidoso.

—A mí me ha hecho un diseño que es precioso de la muerte. Fíjate cuando vayas al centro comercial y verás que ocupa casi toda la pared. Javi lo hizo en una sola tarde; puso mi *tag* en lugar del suyo.

—¿Cómo es eso posible?

—Porque le pilló en un día en que él estaba aburrido de su propio diseño. Así que *takeó* con el mío, que es «Nelkar».

—*Takear*, *tag*... ¿de qué demonios estás hablando?

—De echar firmillas. La mía, Nelkar, viene de Nela del Carmen.

Se me ponen los ojos como a un búho.

—¿¿Nela del Carmen?? —no puedo evitar chillar—. ¿Qué clase de ridículo nombre es ése?

—A mí me parece la caña —explica ofendida—. *Siempre* he querido tener un nombre español.

Ahora resulta que, pese al *piercing* de la lengua, a la niña le va lo castizo. Cualquier día canjea por zarzuelas y pasodobles las demoniacas canciones que actualmente piratea en internet.

—Antes Javi *takeaba* con «Spargo» —sigue explicando Nela—, pero Moleño se adjudicó «Spirin» y le copió la «S». Entonces tuvieron una pelea con puñetazos y Javi tuvo que inventarse otro *tag*. Ahora usa «Spam».

Se ve que llegaron a un consenso para compartir la dichosa «S».

—*Todo* Madrid está lleno de «Spams», ¿no lo has visto?

Sí, por desgracia lo he visto, pero nunca imaginé que esa guarrería viniera de un miembro de mi sangre. Nela no se explica por qué yo no he sucumbido de placer al contemplar la magnífica obra pictórica.

Mi niño despliega su arte mediante una frase filosófica y una firma:

Todo ello es naranja, rojo y verde, en tres dimensiones, con contornos metálicos en plata. Precioso. Javi ha plasmado su creación hasta en el tejado de un quiosco en Arganda del Rey. Yo debería ir a verlo. El citado lugar está a 25 kilómetros de mi casa. No entiendo nada. ¿Cómo ha llegado un niño de trece años hasta allí? Nela me lo explica.

—Rosi me dijo el otro día que vio la frase de Spam hasta en el vagón de la línea 4 del metro.

—¡Qué espanto!

—Ya no hace falta que te pongas histérica —avisa—. Ahora Javi ha tenido que parar desde que El Buchi le persigue para darle una paliza.

—¿Así llamáis a la policía? —apenas acabo de aprender que *crew* significa grupo, *tag* es una firma y *bel* quiere decir «vete-con-el-cuento-a-otra-parte» cuando me enfrento a una nueva palabrita.

—¿Cómo dices? —inquiere la informadora que tengo enfrente.

—Que si Buchi significa «policía».

Nela se tira por el suelo y se agarra la tripa. Yo, al parecer, soy una persona muy graciosa y, El Buchi, un muchacho tres años mayor que Javi.

—¡Es el *writer* más famoso, más cotizado y más temido!

—¿También es graffitero?

—¡No seas antigua! —salta Nela como si oliese mal—. Se dice *writer,* pero si te suena muy pijo, también puedes decir «escritor».

¡Vaya! Resulta que, además de considerarse a sí mismos artistas, los abominables ensuciadores de paredes se autoproclaman literatos. Pero El Buchi no es uno cualquiera; no, señor. Se trata de una especie de titán envidiado y admirado por el mundo mundial; ha manchado más trenes que nadie e incluso un día se atrevió con un helicóptero. Y ahora, esta gran eminencia busca a mi hijo para matarle. ¿Será porque, igual que hizo con Moleño, al Buchi también le ha copiado alguna letra de la firma?

—No. Es porque Javi le pisó un *takeo*, es decir, puso Spam encima de Bok. Al Buchi nadie le ha hecho eso nunca jamás —me informa Nela—, y claro, ahora el pez grande se quiere merendar al pequeño. Por eso Javi ya no pinta más y su *crew* ha desaparecido.

¡Qué bien! Mira por dónde, El Buchi de las narices ha conseguido que Javi vuelva a ser un niño bueno y sensato. Si veo su *tag* por ahí escribiré sobre él la palabra «gracias» con mi barra de labios.

Y, puesto que yo no sirvo para educar a la fiera delictiva en la que se ha convertido mi hijo, quizá deba reservarle plaza en un monasterio de clausura donde, de la mano de unos aguerridos frailes, el niño aprenda buenas maneras de una vez por todas.

—Yo creo que ésa es una idea malísima —opina Nela—. A mí no me has encerrado en ningún sitio y mira qué bien nos llevamos ahora.

Nela me pasma. Es de las pocas cosas que me quedaban por oír...

—Sí, querida, nos llevamos estupendamente —respondo irónica.

—Y eso que yo era peor que Javi.

—Lo dudo.

—Más te vale no saber lo que yo hacía —me advierte—, y sin embargo, ¡mírame ahora! —se expone ante mí cual bendita criatura.

Yo contemplo su *piercing* y sus ansias de tatuarse, sus uñas azules, el suspenso en Física, los eternos escarceos con los límites horarios...

—Sólo es cuestión de paciencia, mamá —concluye dándome un beso.

Los amores de Javi

Tengo malas noticias. Ahora que los exámenes finales acechan ferozmente, a Javi se le ha ocurrido enamorarse. No es que yo condene la actividad en sí, pero me fastidia que el niño haya escogido el peor de los momentos. La amada es compañera de curso, aunque no de letra, y le saca tres cabezas al infeliz de mi hijo. Francamente, yo la encuentro paliducha y altiva, pero él está cuajadito de amor; da pena verle.

Casi no puedo creer que este episodio crucial en la vida de mi niño nos haya pillado tan de sopetón. Creo que el jolgorio de feromonas que siempre trae consigo la primavera ha tenido parte de culpa; los Asesores me han explicado que el éxtasis de Javi es de lo más normal en esta estación, y no dan importancia a los trece años del afectado. Por lo visto, la *feniletilamina*, es decir, la versión química de Cupido, circula impunemente por el organismo durante esta época y bombardea a su paso el instinto básico de niños inocentes y no tan inocentes.

Puede que los expertos encuentren todo esto muy natural, pero creo que no son conscientes del problema: mientras la primavera se consolida, los padres detectamos, impotentes, cómo el amor erosiona sin misericordia el diminuto cerebro de nuestros vástagos hasta lograr que pierdan la cabeza. Los Asesores afirman que luego vuelven a recuperarla, pero yo noto que mientras Javi la tenga extraviada, corro el peligro de malograr la mía.

El enamoramiento del niño ha empezado de una manera más bien tonta. Javi estaba matándose con el monopatín en el parque junto a una multitud de chicos que, como él, ponían toda el alma en suicidarse deportivamente. Entonces la vio. Ella caminaba junto a un séquito de amigas y, por un instante divino, sus miradas se cruzaron. A partir de ese momento, mi Javi anda como transportado. Han transcurrido varias semanas desde que ocurriera esta especie de soplo empíreo, sin embargo Javi todavía no ha hablado con su amada a pesar de que la ve todos los días en el colegio. A sus trece años ya intuye que será rechazado, el pobre. Se limita, por tanto, a idolatrarla en silencio.

Cada noche, la fiebre del amor incita al niño a elegir cuidadosamente una camiseta y unos pantalones para exhibirlos al día siguiente ante ella; y cada mañana le veo salir ansioso por toparse con otro encuentro silencioso. Al final ha decidido que no puede continuar viviendo de ese modo y, durante la clase de

Matemáticas, se ha volcado en escribir una nota que casi es para la amada, aunque va dirigida a su amiga más íntima. Dice así:

«Por favor, no se lo digas a nadie, pero descubre qué piensa ella de mí.»

Javi.

Un agónico día después, la amiga ha entregado un papel con la respuesta; pero Javi, temeroso de no poder soportar un desplante, la introdujo en la bolsa de gimnasia hasta llegar a casa. Sólo en la intimidad de su cuarto ha logrado reunir fuerzas suficientes para enfrentarse a la verdad. La nota explica escuetamente:

«Ella dice que eres mono.»

El niño no sabe cómo tomarse este calificativo; anda sin aliento y más transportado que antes. Para salir de dudas, y quizá envalentonado por la eficacia de la mensajera, mi hijo ha decidido escribir inmediatamente una nueva misiva. Esta vez, Javi se ha arriesgado más:

«Yo también la encuentro mona.
¿Tiene novio?»

Ha pasado todas las clases y también los recreos

reteniendo el aliento. Por fin, en casa, mi niño ha leído la nota con la respuesta.

«SÍ.»

Nótese el estilo conciso y cruel del mensaje. Javi aguanta estoicamente el dolor de su corazón mientras los exámenes se acercan, fríos, impasibles, ajenos a los ardores emocionales que la primavera trae consigo.

Hambre de cultura

—Mamá, ¿puedes llevarme mañana a Salamanca? —pregunta Nela de pronto, aunque en un tono sospechosamente amable.

Esta petición me resulta sorprendente. Sólo quedan unos días para terminar el curso y ya no tiene que entregar ningún trabajo. ¿Qué urdirá?

—¿Te lo han pedido en el colegio?

—No, es para conocer cosas. Mamá, tú a lo mejor no lo comprendes, pero yo *necesito* saber cómo es España.

Nela ha mostrado siempre un tozudo desdén hacia todo lo cultural. De pronto la niña quiere cambiar. ¿Estaremos ante un soplo de incipiente madurez? Mi hija continúa deshaciéndose en explicaciones:

—Quiero ver edificios antiguos y todo eso. Rosi también viene; con su madre no se concentra bien. ¿Nos llevas? Queremos ver iglesias, estatuas, tumbas, piedras viejas... bueno, todo eso —asegura moviendo las manos para que yo tenga una idea clara de lo hambrienta de cultura que está la niña.

Algo no va como debe ir. Nela habla con cortesía, desea zanjar su eterna crisis de formación, quiere perderse un domingo de salida con sus amigos y, sobre todo, pide que la acompañe su horrible madre. Me huele a chamusquina, pero no puedo desperdiciar una solicitud tan sorprendente y asiento con una sonrisa. Inmediatamente vuela al teléfono para darle a Rosi la buena noticia. Mientras tanto, yo busco en mi biblioteca y aglutino información.

—Mira, he encontrado una guía con la que podemos preparar de antemano lo que visitaremos —digo alegremente mientras agito varios folletos en el aire.

—Ahora no —responde Nela agriamente cubriendo el auricular telefónico con la mano.

—Es mejor hacerlo cuanto antes. Mañana tenemos que salir temprano y ya no habrá tiempo.

—¿Es que no ves que estoy ocupada? —croa en tono de sapo incomodado—. Es mejor ver las cosas en vivo y en directo; las fotos no son iguales —explica. Está hablando con una completa analfabeta—. Ahora vete, por favor; estoy ocupada.

Han transcurrido breves minutos desde su propuesta inicial, pero la niña ya ha perdido interés. Yo vuelvo a probar suerte y me arriesgo a sugerir:

—Dime qué prefieres: callejear, ver catedrales, conventos, museos, la universidad…

—¡Yo qué sé! Cualquier cosa —espeta. Nela agarra el auricular con fuerza, los nudillos se le ponen blancos.

—No quiero meterme en un atasco, así que saldremos a las nueve.

—¿Puedes dejarme ya? —no aguanta más; se ve en la necesidad de hablarme con los dientes prietos.

Por la mañana Nela me despierta a las siete y media.

—Mami, vámonos rápido, que llegamos tarde —dice zalamera. Por un momento creo que estoy soñando, pero no. Tiene todo previsto—. Es mejor que salgamos antes que los domingueros. Voy a llamar a Rosi para que se prepare.

Luego se tira un rato inmenso en el cuarto de baño y aparece maquillada y ataviada con un pantalón pirata ceñidísimo cuya cintura es tan baja que deja la curva de las caderas a la intemperie. Además Nela se ha puesto un top a punto de explotar y sandalias con alza de siete centímetros. Rechazo duramente esa indumentaria tan escandalosa; a la niña la violarán en cuanto me descuide y además no quiero que se disloque las piernas caminando por el maravilloso a la par que peligroso empedrado de las calles salmantinas. De nuevo Nela y yo discutimos a brazo partido por los modelos que a ella le gustan y a mí me espantan. Tras duras negociaciones sustituye el calzado y la camiseta, pero se queda con el pantalón. Chasca la lengua fastidiada y se ve en la obligación de volver a llamar a Rosi. Sisea al teléfono, pero avanzo disimuladamente la oreja y percibo retazos de conversación que levantan todas mis sospechas:

—Jopé, tía, ¿qué quieres que haga? Se ha puesto histérica, no veas qué marrón. Dice que no nos lleva con esa ropa... Jopé... pues si no nos reconocen ellos, entonces les buscamos nosotras... Mejor mándales un mensaje por internet diciendo que ya no vamos vestidas como habíamos quedado. Sí, imprime su foto, aunque sea en blanco y negro, ¿qué más da? Igual se les distingue bien... venga tía, baja al portal, que ya salimos a buscarte...

En Salamanca

A pesar de mis sospechas, conduzco hacia Salamanca con Nela y Rosi. ¿Qué tramarán estas dos? El súbito afán por conocer España oculta un plan secreto, lo barrunto, pero intento disimular lo mejor que puedo porque, en el fondo, prefiero estar presente y pillarlas con las manos en la masa. Mientras tanto, ellas sonríen de oreja a oreja y brincan entusiasmadas en sus asientos al ritmo de la música que han traído de casa para escuchar durante el trayecto. Inesperadamente, una de las canciones es acorde con mis gustos y mi sentido del ritmo. Aunque jamás la había oído antes, la cabeza se me bambolea sola y mis dedos tamborilean alegremente sobre el volante.

—¡Deja de bailar! —clama Nela horrorizada—. Todo el mundo nos está mirando. ¡Conduce bien!

Delante de terceras personas la niña me exige una conducta extraordinariamente decorosa; en presencia de la gente tengo que ser una progenitora impoluta, sin tacha. Nela me vigila con ojo avizor, es rigidísima con cada palabra que pronuncio o cada gesto que hago. A mi hija no parece ofenderle que, a veces, me guste su música; pero sólo me permite oírla siempre y cuando yo no ose entonar algún compás o se me ocurra mover un solo músculo de la cara. Sin embargo, ella y Rosi pueden bailar, canturrear y gritar las letras de las canciones desaforadamente, importándoles un pimiento mi opinión o la de los transeúntes de la calle que las miran con ojos de cocodrilo.

A medida que nos acercamos a Salamanca, el entusiasmo de las niñas crece imparable. Me arriesgo a proponer un itinerario que considero interesante: el convento de Las Dueñas, la fachada de la iglesia de San Esteban, las dos catedrales...

—¿DOS? —interrumpe Nela espantada—. Déjalo, mamá. Con una será suficiente. Nosotras queremos ir a una plaza muy bonita y muy famosa.

Pregunto si se refieren a la Plaza Mayor. Nela no lo sabe. Rosi tampoco lo sabe.

—¿Hay bares? —se limita a inquirir mi niña.

—¿¿¿Bares??? ¿A quién le importan los bares de Salamanca?

—Es que nos han dicho en el colegio que la mejor plaza es donde hay muchos bares que se llenan de estudiantes y todo eso. Mamá, tenemos que ir allí a la una. A esa hora la plaza se pone guay.

Llegamos en el momento previsto. La amenaza de Nela resulta ser cierta: Un enjambre humano invade y se desparrama por todo el lugar. La ocupación es tal, que apenas queda perspectiva suficiente para contemplar las bellas proporciones ideadas en 1729 por Alberto Churriguera. Quiero huir a toda velocidad hacia otro emplazamiento menos asfixiante, pero Nela y Rosi están completamente paralizadas. Jamás pudieron imaginar un paraíso mejor; las niñas pasan de examinar la copiosa ornamentación que engalana las fachadas y, en cambio, admiran embobadas el bullir del gentío. La muchedumbre las embelesa; Rosi y Nela se muestran especialmente extasiadas ante el trillón de estudiantes altos, guapos y extranjeros que pululan por doquier mientras exponen imprudentemente sus torsos desnudos a los rayos ultravioletas. De pronto Rosi se pone tensa.

—¡Allí están!

—¡*AAAAAHRG*! ¿Dónde? ¿Dónde? —chilla nerviosamente Nela mientras mira hacia todas partes con los ojos fuera de sus órbitas.

—¡Nos están buscando, tía! ¡Están allí! ¿Qué hacemos?

—¡*AAAAAHRG*! —vuelve a gritar Nela, esta vez a causa de la impresión producida por lo que está viendo.

Observo el panorama y, entre la horda de individuos, distingo con espanto a una criatura espeluznante que nos busca con la mirada y que se hace acompañar por un tipo de cabello amarillo fluorescente. La vomitiva criatura pertenece al sexo masculino. Se trata de un pingajo humano, mutilado y taladrado por cientos de artilugios metálicos que relumbran bajo el sol. Sus cejas, mejillas, nariz, orejas y labio inferior exhiben tachuelas y anillos de toda especie. Su camarada, el del pelo chillón, tiene sólo una pizca de mejor pinta. Inmediatamente experimento un tórrido y nauseabundo temblor de costillas para abajo, que incrementa cuando me entero de la verdad.

—Mamá, por favor, no chilles, no te pongas histérica —ruega Nela.

—¿Qué está pasando aquí? —grito pasando por alto a los turistas que se vuelven atraídos por mi escándalo.

—Tranquila, tranquila —susurra mi niña. Es la Reina de la Calma explicándose—: esos chicos son ingleses; los hemos conocido en el *chat* de internet y sus mensajes molan, en serio. No se parecen a los de la gente pirada y todo eso.

—¿¿¡¡El *chat*!!??

—Sí. Escriben mucho y eso. Llevamos un año hablando con ellos. Ahora están aprendiendo español y nos propusieron que viniésemos porque querían conocernos en persona. Nosotras no sabíamos que llevaban tantos pendientes.

—¡Ya nos han visto! ¡Tía, que vienen! ¡Que vienen! —grita Rosi.

Las notas finales

Hoy es un día angustioso para toda la familia. Debemos recoger las notas finales. Los niños durmieron poco, se han levantado maldiciendo y ahora reculan ante los cereales del desayuno. Yo camino sobre ascuas.

—Me van a *tirar* en Física, lo sé, lo sé —gime Nela.

La sola idea de tener que estudiar durante el verano pone verde el semblante de mi niña. En el último mes, ha estado maquinando unos planes estivales la mar de exóticos. Quiere ir a Ibiza. Sus amigas también quieren ir a Ibiza. Yo opino que, tras la dura experiencia de los exámenes finales, las niñas necesitan un poco de tranquilidad, pero ellas están hambrientas de algarabía sin tregua y de noches sin freno. Han oído decir que Ibiza es un paraíso plagado de discotecas donde pululan masas y masas de tipos simpatiquísimos, tostadísimos por el sol, con los que *siempre* se liga. Ellas, por tanto, lo han planeado todo cuidadosamente: compartirán las veladas con manadas de tíos cachas, elegirán una discoteca distinta cada noche, dormirán hasta el mediodía, se atiborrarán a pizzas y, por las tardes, contraerán cáncer de piel sobre paradisíacas playas de arena suave. Nela ya soñaba con tan fantásticos planes el verano pasado, pero la versión actual es algo más fulgurante y explosiva. Ahora está a punto de cumplir dieciocho años; ahora ya se siente autorizada para introducirse en el hampa del veraneo lejos de su madre.

—Ya soy legal —explica orgullosa, pavoneándose—. Puedo dormir en la playa y entrar en todas las discotecas que me dé la gana.

Naturalmente, esta fantasía me parece un absoluto despropósito, pero como soñar es gratis, no me ha parecido prudente hacer añicos las extravagantes ilusiones de la niña.

«Cometes un grave error —me advierten repetidamente los Asesores—. Ya verás, ya verás lo que te espera cuando llegue el momento de enfrentarse a la realidad. Lo está tomando como un derecho adquirido; se pondrá como una fiera y luego, tú, a sufrir las consecuencias», vaticinan dramáticamente.

Nela ha pasado la época de exámenes con los nervios a flor de piel; la pobrecita mía deambulaba por los pasillos amargada y taciturna. Sólo el teléfono, unas cuantas toneladas de Doritos y la planificación de formidables aventuras veraniegas parecían insuflarle algún ánimo. Yo no he querido contradecirla; todo menos alterar su explosivo carácter en tan cruciales momentos.

En ningún instante mi niña se ha parado a pensar cómo o quién va a financiar su idílico y trepidante veraneo; el único freno que Nela vislumbra es el que proporcionaría un suspenso. Por eso en las últimas semanas se ha afanado tanto, la infeliz, y ahora sufre intensamente con la mera sospecha de un fracaso en Física.

Vamos hacia el colegio con el corazón en un puño. Hace calor. En la entrada encontramos a padres e hijos que expresan toda suerte de emociones. Unos van alegres y planifican la inminente compra de regalos carísimos como premio por los resultados obtenidos; otros, en cambio, caminan sumidos en la desazón. Los hijos lloran mientras sus papás intentan infundir ánimos recurriendo a consoladores pronósticos:

—No te preocupes, con las cinco horas diarias de recuperación lo aprobarás todo en septiembre; ya verás qué bien.

Un enjambre de gente rodea al sufrido profesorado. A medida que nos acercamos nuestro semblante se torna más y más tenso. La presión se vuelve insoportable; esperamos lo peor. Nela acosa a su tutor sin mi ayuda porque yo tengo que acompañar a Javi hacia su paredón particular.

Los informes del niño me dejan estupefacta. Dicen que en el último trimestre Javi ha mejorado mucho. Ahora es un chico aplicado aunque algo tendente a la evasión, me cuentan; y es que sus profesores son amigos de matizar las noticias excesivamente excelsas y siempre sacan a relucir algún fallo para que no nos relajemos demasiado. Aun así, un vistoso trabajo artístico de mi niño ha sido elegido para decorar el pasillo. Nos felicitan y preguntan cómo lo hemos conseguido. Yo también me lo pregunto. En casa Javi se ha mostrado tan apático como siempre; nada ha cambiado. Pero en el colegio mi chico ya no es ni la sombra de lo que era. Ha aprobado todo el curso incluso con algún notable.

En cuanto a Nela... se lo contaré en el próximo capítulo. Prometido.

Vacaciones de verano

Nela todavía no se ha recuperado del impacto que supuso la recogida de las notas finales. Tal como ella sospechaba, la Física y el Arte estuvieron a punto de minar su veraneo. Mi niña se salvó por los pelos de la quema y ahora, tras el feliz desenlace, anda toda nerviosa, sin saber cómo aprovechar más y mejor los largos días que tiene por delante.

—¡Jopé! —estalla fastidiada—. ¿Por qué nadie tiene permiso para ir a Ibiza? ¿Por qué?

Hemos tenido una suerte increíble. Resulta que el plan de Ibiza se desmoronó por culpa de otras madres sufridoras como yo, aunque mucho más valientes, todo hay que decirlo. Estas heroicas progenitoras prohibieron tajantemente el despiporre estival que Nela y sus compinches llevaban maquinando meses y meses. Yo ni siquiera he tenido que discutir con la niña por este asunto; un alivio. Pero ahora mi Nela se aburre. Necesita desesperadamente una víctima a la que poder chinchar y, claro, ¿a quién iba a tocarle?

—Me voy a hacer un tatuaje —anuncia mientras se pinta las uñas de los pies de color azul—. ¿Quieres ver dónde?

—No, gracias.

—Aquí, me lo voy a hacer aquí —exhibe el área a pesar de mi resistencia. Mi niña pretende desgraciar su maravillosa cintura para siempre. Tiemblo.

—Los tatuajes no se quitan.

—Sí que se quitan. Ahora hay métodos para quitártelos cuando quieras.

—No.

—Sí.

—No.

—¿Qué hay de malo en hacerse un tatuaje? ¡A ver, a ver! —inquiere poniéndose en jarras, el pincel cargado de esmalte azul a punto de fastidiar la tapicería de mi mejor sofá.

—Que son horribles.

—Todo lo que mola te parece siempre horrible —espeta—. Eres una aburrida. Te espantan los tatuajes, te espantan los *piercings*... —Nela parece herida—... además, ni siquiera sabes qué diseño me voy a poner.

—No quiero saberlo, querida.

—Al principio pensé en un cinturón de espinas que me diese toda la vuelta. A Rosi y a Casil les parecía mazo sexy y también se lo querían hacer, pero nos hemos ido a enterar y resulta que los cinturones son muy caros, así que he tenido que mirar libros y libros hasta que he elegido un adorno japonés muy mono para ponérmelo aquí —señala el riñón derecho.

Me arriesgo a jugar una última carta. Hago como que nada de lo oído me impresiona, aparento que las provocaciones de Nela me resbalan y, con el alma en vilo, clavo mis pupilas en el tocho que intento leer. ¿Funcionará?

Nela cae en un profundo silencio y se afana con sus uñas pintadas de azul. ¿Qué estará maquinando ahora? No tardo en averiguarlo.

—Rosi, Tama y yo nos vamos a apuntar a una ONG. La semana que viene tenemos que subirnos en un barco porque queremos impedir que maten a más ballenas.

—¿Tanto te gustan los animales?

—¡Claro! —está enfadada y herida—, ¿qué te has creído?

—Entonces saca a pasear ahora mismo al perro.

—¡*Uff*! Hace mucho calor y, además, estoy ocupada.

—¡AHORA! —grito.

Nela está impresionada. Tiene una madre durísima, incapaz de comprender lo perdida que se siente con tantos días libres, sin nada que hacer y sin un hermano al que martirizar.

Javi se ha marchado a un campamento de verano y ahora el pobrecito mío se agota correteando por los prados y levantándose de madrugada a toque de corneta. No hay luz eléctrica ni agua caliente, pero él asegura que todo mola mazo. Atrás ha quedado la afición por la videoconsola y por los acordes infernales de Reincidentes. El vivir en estado salvaje puro, tan lejos de su madre, más sucio que un mono, le parece guay a mi Javi. Hay que ver las sorpresas que la vida suelta de vez en cuando. Aquí me tienen contemplando, con el corazón en un puño, cómo el monopatín de mi nene acumula polvo bajo la cama, y también su colección de horribles tebeos japoneses que, el angelito mío, se compra con su paga.

Quizá no sea tan mala idea que las ballenas y su ONG secuestren a Nela durante una temporada. Yo la echaré terriblemente de menos, igual que a Javi, y todos seremos muy felices durante el verano.